UNTER DEN ARMEN UND ELENDEN Berlins

HERAUSGEGEBEN UND MIT EINEM
KURZEN NACHWORT VERSEHEN
VON PETER GRAF

Hans Richard FISCHER

UNTER DEN ARMEN UND ELENDEN Berlins

STREIFZÜGE DURCH DIE TIEFEN DER WELTSTADT

INHALT

VORWORT

UNTER DEN ARMEN UND ELENDEN Berlins habe ich das vorliegende Werkchen betitelt. Ich glaube die Bezeichnung deckt sich mit dem Inhalt.

Man hat in den letzten Jahren das Leben und Treiben der Reichshauptstadt dichterisch und socialpolitisch wiederholt verwerthet. Aber so aufmerksam ich auch Alles verfolgt habe, Schilderungen, die sich ausschließlich mit den untersten Schichten des Volkes, den gänzlich Hilflosen, den Verlorenen und dem eigentlichen Proletariat befaßten, fand ich nirgends.

Und doch lohnt es sich, in die Tiefen hinabzusteigen und mit den Armen ein Armer zu sein.

Vielleicht regen diese Artikel, zu denen ich in diesem Jahre das Material gesammelt habe, nach jener Richtung mehr an. Daß ich kein erschöpfendes Bild zeichnen und nur ein Stück des „armen" Berlin wiedergeben konnte, ist begreiflich.

Ich habe mich auf keinen Standpunkt gestellt und versucht, die Dinge so vorzuführen, wie ich sie sah. Wenn ich da und dort doch abgeschweift bin, so lag es am Thema.

Im Übrigen hoffe ich, der ehrliche Kritiker welcher Richtung er auch angehören möge, wird die grausige Wahrheit des Buches erkennen.

BERLIN, IM HERBST 1887. **DER VERFASSER.**

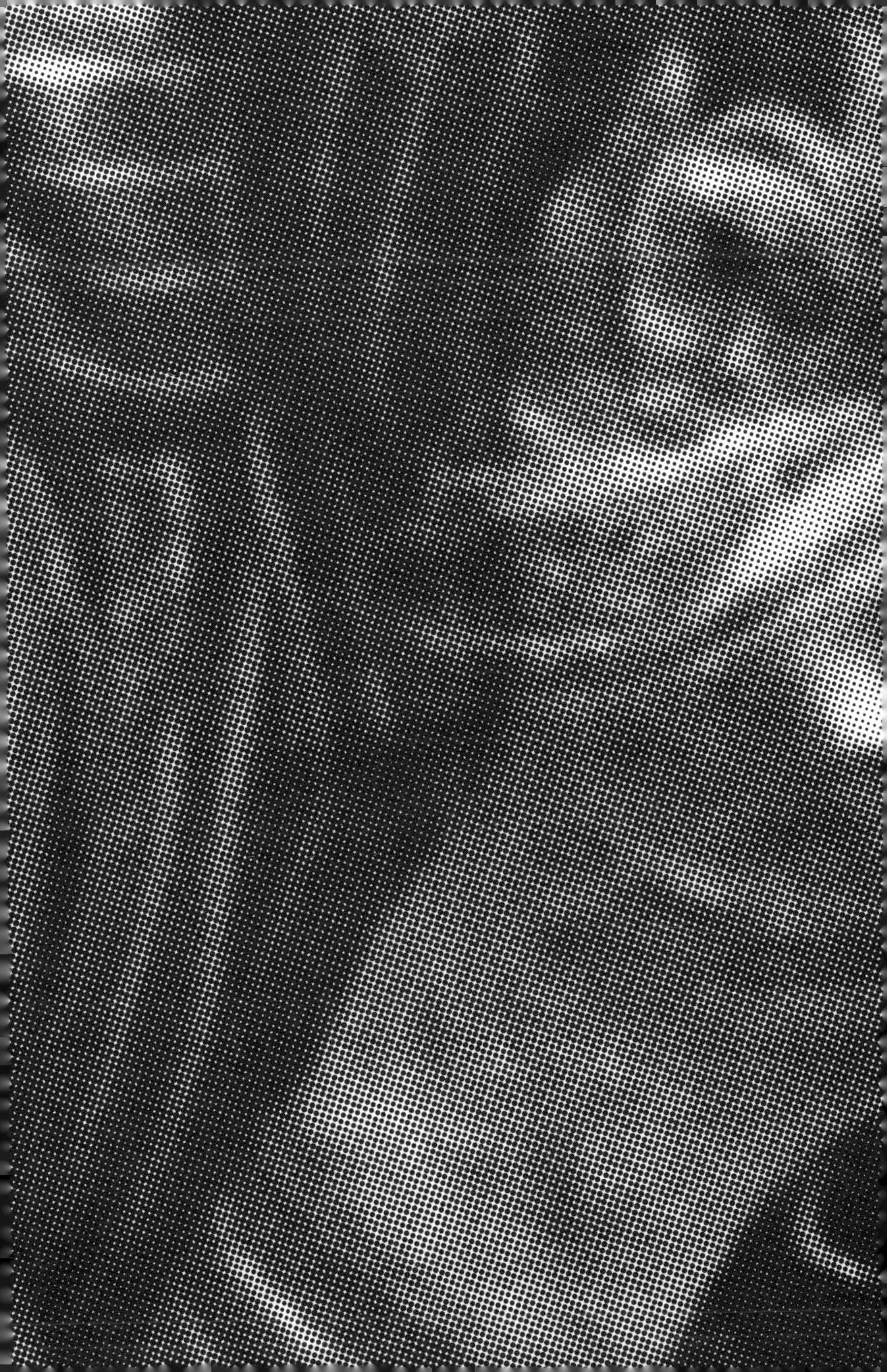

MODERNES ELEND

UNTER
DEN ARMEN
UND
ELENDEN
Berlins

KAPITEL
I

KAPITEL I

Wenn dieses Buch in die Oeffentlichkeit tritt, ist Berlin um eine Stätte ärmer, die wahrlich nicht zum Ruhm der Reichshauptstadt beitrug. Ich meine das Städtische Asyl für Obdachlose in der Friedenstraße. Von Ende Oktober 1887 ab erhebt sich vor dem Prenzlauer Thor ein stattlicher Bau, in dem die „Parias der Gesellschaft" für einige Nächte ein Unterkommen erhalten. Wenn sich auch deshalb nicht das Elend vermindert, so glaube ich doch, daß durch das neue Haus ein anderer Geist ziehen wird, als durch den alten, nun bald verschwindenden Barackenbau.

Berlin besitzt ein Privat-Asyl für Obdachlose, das in die Männer- und Frauen-Abtheilung zerfällt und das erwähnte, ebenfalls von beiden Geschlechtern benutzbare Städtische Asyl. Das erstere ist mustergiltig und ein sicherer Bergungsort; ganz das Gegentheil war mit dem anderen der Fall. Um eine der Wirklichkeit entsprechende Schilderung geben zu können, habe ich das Asylwesen als Armer unter den Armen beobachtet. Ein Jeder, der über sociale Zustände schreibt, sollte dieselben aus eigener Anschauung kennen und solange es sich nicht um unüberwindbare Schwierigkeiten handelt, die Dinge an der Quelle studiren.

In einem altersschwachen Anzuge, zu dem ein zerlöcherter Hut vortrefflich paßte, langte ich eines Abends gegen neun Uhr vor der Nr. 53 der Friedenstraße[1] an. Ein wackeliger Zaun, dessen Mitte eine enge Thür einnahm und an deren rechter Seite ein Schild angebracht war, schloß das „Städtische Asyl für Obdachlose" von der Außenwelt ab. Den von einer Gaslaterne beleuchteten Eingang hielten zwei Schutzleute besetzt, die unerbittlich Jeden zurückwiesen, der ihrer Ansicht nach zu tief in die Flasche geguckt hatte und das war bei Manchem der Fall. Ich öffnete die Thür und betrat eine Art Vorhof, auf dem sich die

1 ▪ Das Städtisches Asyl für Obdachlose befand sich von 1880 bis 1888 auf dem von Fischer genannten Grundstück in der Friedensstraße, die heute zum Bezirk Berlin-Friedrichshain gehört.

der Straße zunächst liegende Holzbaracke erhob und die vorn in einem Verschlage das Aufnahmebureau und weiter hinten den Raum für die weiblichen Obdachlosen enthielt. Zur Zeit der großen Berliner Wohnungsnoth schnell aufgeschlagen, dienten die Holzbaracken nun schon Jahre lang Asylzwecken. Ich wollte eben die in das Innere führenden paar Stufen hinaufsteigen, als ein blutjunges Mädchen, mit einem Kinde auf dem Arme vor mir her wankte. Wir betraten gleichzeitig den Aufnahmeraum. Hinter niedrigem Verschlage saß schreibend ein brillenbewaffneter Aufseher.

Mit kaum vernehmbarer Stimme gab das Mädchen ihren Namen und die Geburtsdaten an. Dann ein barsches „Geradezu" und die Abgehärmte wankte von dannen. Was mich betrifft, so nannte ich, indem ich die vorschriftsmäßige militärische Aufstellung nahm, meinen vollen Namen. Glücklicherweise wurde ich nicht nach der Art des Berufs gefragt und konnte denn ungehindert weiter dringen. Ich möchte übrigens bemerken, daß man mich, als ich einige Monate später, im Sommer 1887, das Unternehmen wiederholen wollte, erkannte und nach einer lebhaften Auseinandersetzung zurückwies.

Die Baracken waren untereinander durch Laufstege verbunden. Ich überschritt den ersten und öffnete die Thür zu der mir angewiesenen Baracke. Ein Schritt nach vorn und ehe ich mich's versah, lag ich langhingestreckt auf – Menschenleibern. Unter dem Stöhnen und Schimpfen der am Boden Liegenden erhob ich mich. Ich blickte umher. War's Wirklichkeit, war's Traum, das sich den Augen bot? Ich stand dem grausigsten Elend gegenüber, das aus jedem Winkel der Baracke grinsend hervorschaute. Kirke White[2] sagt:

2 ▪ Henry Kirke White (1785-1806) war ein englischer Lyriker.

„Geh' zu der Matt', d'rauf liegt die schmutz'ge Noth,
Zum dunklen Ort, wo der Verdienst sich härmt,
Geh', wo der Mangel sein Scepter schwingt,
Und hilflos eine müde Seele ringt,
Und, stehend dann bei schlaflosem Gestöhn,
Sag' bleicher Armuth noch: „Die Welt ist schön!"

. . . . . Vielleicht entsinnt sich noch Dieser und Jener des Bildes der Wereschagin-Ausstellung[3] vom Jahre 1881, das ein großes Todtenfeld darstellte. Wie ich die Anzahl von Menschen sah, die hier im Asyl enganeinandergepfercht sich am Boden wälzten oder stehend den Morgen erwarteten, lebte die Erinnerung an jenes erschütternde Bild des russischen Malers wieder in mir auf. Ich wußte nicht, wohin ich mich wenden sollte. Die Baracke war mit etwa dreißig Bänken gefüllt, von denen jede mit zwei auf ihnen ausgestreckten Obdachlosen mit Beschlag belegt worden war.

Unter und zwischen diesen Bänken „ruhten" neben- und übereinander die minder vom Glück begünstigt Gewesenen. Denn wer einen Platz da oben erhaschen konnte," wurde beneidet und mehr als einmal ist es deshalb zu Schlägereien gekommen. – Alles wegen einer Ruhestätte auf einer schmalen Bank. Endlich wagte ich ein Weitergehen; es war schwer. Wo sich ein freies fußlanges Plätzchen zeigte, setzte ich ein und so vermochte ich denn allmählich nach dem Hintergründe der Baracke zu gelangen, wo ich noch einige Spätangekommene verzweifelnd stehen sah. „Bist auch nicht früh genug gekommen", rief mir ein vielleicht zwanzigjähriger Bursche zu, dessen Aeußeres ebenso zerlumpt wie das meinige war.

3 ■ Wassili Wassiljewitsch Wereschtschagin (1842–1904) war ein russischer Maler, der insbesondere durch seine Kriegsbilder bekannt wurde. Mit seinen Werken von Schlachtfeldern und das Grauen des Krieges zeigenden Bildern propagierte er ein pazifistisches Weltbild. Mit Ausstellungen gepaarte Vortragsreisen führten ihn u.a. ab 1881 auch nach Berlin, wo seine Werke viel diskutiert wurden. Maler wie Hans Baluschek nahmen sich die realistischen Darstellungen Wereschtschagins zum Vorbild.

Wer ein eigenes Heim hat, wer nie in kalter Nacht obdachlos durch die Straßen geirrt ist, wird es kaum glaublich finden, daß die Mehrzahl der Unglücklichen – sehr gut schlief. Manche hatten sich Tage hindurch nicht mehr ausgestreckt, die Nächte wurden, nur dann und wann durch ein Stillstehen oder Setzen auf einen Stein oder eine Promenadenbank unterbrechend, in fortwährender Wanderung verbracht. Der Körper ist schließlich so siech, daß er auch auf einem noch härteren Lager und in einer noch entsetzlicheren Atmosphäre ruhen würde. Neben mir stand ein bärtiger Mann; den Hut auf dem Kopfe, die Hände in den Hosentaschen, lehnte er müde an der Wand. Ich richtete mich fragend an ihn, ob er die erste Nacht im Asyle verbringe. Er bejahte. Wir plauderten und der anscheinend Harte wurde weich. „Bruder, Du bist jung," sprach er, „vielleicht rappelst Du Dich wieder auf, mit mir ist's aus. Siehste, Frau und Kinder von mir sind da drüben", er machte eine Armbewegung, als wolle er die Scheiben zerschmettern, „was sollen wir morgen anfangen? Aus der Wohnung raus, Arbeit ist nicht zu erwischen, es bleibt mir noch der Strick!"
Die mit Chlor durchströmte Luft, welche aber nicht die aus der mit der Baracke in einer offenen Verbindung stehenden Latrinennische dringenden Düfte und die Ausathmungen der dichten Menschenmasse überwand, raubte fast den Athem. Polternd flog die Thür auf und ein Aufseher erschien, um die Gasflammen der Baracke zu verkleinern. Nun lag Alles in einem Vierteldunkel. Meine Nachbaren zur Rechten und zur Linken schliefen stehend, da und dort ließ sich ein Aechzen vernehmen, das von dem Schnarchen und Husten Anderer begleitet wurde, von Zeit zu Zeit erhob sich fluchend eine Gestalt, reckte sich und legte sich wieder nieder. Viele hatten Rock und Stiefel ausgezogen und diese beiden

Stücke in eine Kopfunterlage verwandelt. Manche auch lagen völlig angekleidet da. Je näher Mitternacht kam, desto kühler wurde es; die zwei eisernen Oefen der Baracke waren längst erloschen und ich zog den leichten Rock fester an mich.

Meine Absicht, bis zum andern Morgen im Asyl auszuhalten, ließ sich nicht verwirklichen. Nirgends bot sich ein Ruhesitz, die Luft wurde immer drückender und ich hatte Mühe, mich aufrecht zu erhalten.

Ich stieg nochmals über die ruhenden Insassen der Baracke hinweg, die etwa 200 Menschen in sich schließen mochte und eilte nach der „Aufnahme", die bis in die Nachtstunde geöffnet ist. Nun trat das Unerwartete ein, daß man mich nicht wieder hinauslassen und in sehr energischer Weise zum Bleiben zwingen wollte. Nach längerer erregter Auseinandersetzung erzwang ich mir endlich den Austritt. Als ich nach stundenlangem Verweilen an dem schrecklichen Orte, den man fünfmal im Monat aufsuchen darf, hinaus auf die Straße trat und mich der Nachthauch kühlend anfächelte, hob sich die Brust.

Und nun das Finale! Ich lasse das Statistische Jahrbuch sprechen: „Die Frequenz des in der Verwaltung mit dem Arbeitshause verbundenen städtischen Asyls für nächtliche Obdachlose in der Friedenstraße ist nach dem Bericht der Arbeitshaus-Verwaltung nachstehend zusammengestellt. Nach dieser Tabelle frequentirten vom 1. April 1884 bis 31. März 1885 das Asyl 87.314 Personen, und zwar 82.405 Männer, 4.787 Frauen und 122 Kinder, im ganzen also 24.223 Personen mehr, als im vorigen Etatsjahre. Von diesen 87.314 Personen wurden 1.963 einer Krankenanstalt, 2.975 dem Amtsanwalt überwiesen; 4.494 derselben waren zum 1. Male im Asyl."

	1875	1876	1877	1878	1879
JAN.	12.937	15.266	13.649	13.596	15.111
FEBR.	12.720	13.119	12.650	12.576	11.858
MÄRZ	13.256	12.391	14.125	15.664	12.173
APRIL	8.242	8.884	10.722	14.968	9.318
MAI	7.515	8.589	8.392	9.234	7.077
JUNI	4.389	6.074	5.041	6.134	6.074
JULI	4.313	5.189	5.106	5.686	4.926
AUGUST	4.009	5.818	4.804	5.310	4.952
SEPT.	5.018	7.168	4.950	5.722	3.999
OCT.	7.892	7.239	5.066	5.917	4.814
NOV.	9.779	9.908	5.443	8.589	7.794
DEC.	11.977	12.919	10.879	14.695	14.251
ÜBER-HAUPT	102.047	112.564	100.827	115.091	102.347

	1880	1881	1882	1883	1884	1885
JAN.	15.616	21.878	15.636	11.917	8.417	12.740
FEBR.	13.054	17.437	13.039	9.109	6.695	9.621
MÄRZ	13.994	19.567	13.404	9.567	6.723	9.343
APRIL	10.263	14.048	10.694	6.264	7.638	–
MAI	7.311	10.015	8.810	4.857	6.409	–
JUNI	6.503	7.739	6.777	3.165	5.181	–
JULI	5.652	6.350	5.432	3.496	3.078	–
AUGUST	6.012	6.494	5.796	3.858	3.293	–
SEPT.	5.628	6.404	5.334	3.887	3.432	–
OCT.	7.878	7.507	6.499	4.124	6.591	–
NOV.	10.282	9.110	9.233	4.742	8.366	–
DEC.	15.163	14.193	11.254	6.863	11.622	–
ÜBERHAUPT	117.356	140.742	111.905	71.849	77.445	–

Dem letzten Jahresberichte des Berliner Asylvereins entnehme ich das Folgende: Es nächtigten:

Frauen	Mädchen	Kinder	Säug-linge	SUMMA	Männer	
3.759	6.659	2.370	–	12.788		**1869**
7.099	9.108	4.732	–	20.939	12.233*	**1870**
7.307	7.658	3.180	–	18.145	36.974	**1871**
10.294	9.557	3.173	–	23.024	39.619	**1872**
8.479	8.016	2.645	–	19.140	57.539	**1873**
6.709	5.576	1.307	–	13.592	58.350	**1874**
5.962	6.184	570	368	13.084	73.960	**1875**
5.762	6.752	602	374	13.490	91.785	**1876**
5.705	4.654	490	174	10.393	72.274	**1877** **
7.005	6.391	465	192	14.053	106.185	**1878**
8.368	6.283	525	119	15.295	107.754	**1879**

* 19. Dez. 1870 bis 31. März 1871, ** 1. Apr. bis 31. Dez.

	Frauen	Mädchen	Kinder	Säug-linge	SUMMA	Männer
1880	10.581	7.358	745	340	19.024	109.935
1881	10.798	9.206	1.025	297	21.326	104.899
1882	9.616	8.274	1.462	457	19.809	104.020
1883	11.253	7.184	1.104	376	19.917	105.241
1884	10.118	6.573	1.015	311	18.017	107.879
1885	10.307	6.456	937	333	13.592	108.241
1886	10.935	5.815	1.355	323	18.428	107.094
SUMMA 1869-86	149.427	127.704	27.702	3.664	303.497	1.403.982

Rekapitulation.		
	Männer	1.403.982
	Frauen	308.497
	Total	1.711.479

Wie mögen schließlich all die Hunderttausende und Millionen dieser Obdachlosen, die jeden Stand und Beruf umspannen, wohl enden? Ich weiß keine Antwort.

BÜSSENDE MAGDALENEN

KAPITEL II

UNTER
DEN ARMEN
UND
ELENDEN
Berlins

Zu den merkwürdigsten Erscheinungen Berlins gehört zweifellos das am Südufer gelegene „Magdalenenstift[4]“, das in seiner Art eben nur in einer Metropole möglich ist. So ganz leicht wurde mir die Besichtigung dieses Hauses nicht gemacht. Erst nach mehrmaligen Unterhandlungen gelang es mir, den Hausgeistlichen P. Wießner zu bestimmen gemeinsam mit mir die seiner Obhut anvertraute Stätte zu besuchen. Man hat nämlich von früheren Jahren her unangenehme journalistische Erfahrungen verzeichnet. Die betreffenden Schilderungen liefen gewöhnlich auf Pikanterien hinaus und seitdem wird das „Magdalenenstift“ mit Argusaugen bewacht.

Was das „Magdalenenstift“ will? „Der oberste Zweck des Magdalenenstifts ist, die eintretenden Mädchen zur Erkenntniß ihrer Schuld und zu einer aufrichtigen Buße anzuleiten“. So die Bedingungen. Gefallene Wesen sind's, die „Hülfe“ und „Rettung“ begehren. Schon im Mittelalter gab es „Schwestern voll der Buße der St. Magdalena“ und diese katholischen Genossenschaften haben sich bis in die heutige Zeit hinein erhalten. Vor etwa fünfzig Jahren, als die protestantische Diakonie auflebte, wurden die unserem Jahrhundert mehr angepaßten „Magdalenenstifte“ errichtet. Das Berliner Haus, dem das Lob nicht vorenthalten bleiben kann, ungleich vielen ähnlichen Gründungen, wie das Veilchen im Verborgenen, ein recht beschauliches Dasein zu führen und jede laute Reklame zu verschmähen, gehört zu den ältesten Sprößlingen.

Ach, es ist ein eigenes Ding mit jenem freiwilligen Thun, das an den schwierigsten socialen und moralischen Schäden herumkuriert. Die Einen betreiben's aus Eigennutz und Berechnung, Andere aus Langeweile und nur eine Minorität hilft, weil's allein die Stimme des Herzens verlangt. Bis das Allerheilmittel gefunden

4 ▪ Das Magdalenenstift wurde 1840 als Heim für sogenannte „gefallene Mädchen“ in der heutigen Stresemannstraße im Bezirk Berlin-Kreuzberg gegründet und zog 1866 in einen Gebäudekomplex am Südufer des Plötzensees (Berlin-Wedding). Am 22. Januar 1885 wurde das Magdalenenstift vom Preußischen Finanzminister als gemeinnützige Einrichtung anerkannt.

und auch dem Leidenden sein Recht geworden ist, darf die Signatur des Tages lauten: sociale Spielereien.

Welche Summen und Kräfte werden in Hunderten von Vereinen und Anstalten zersplittert, die unter eine einheitliche, vernünftige Leitung gebracht, unermeßlich Gutes schaffen könnten. So hat z. B. das Magdalenenstift eine jährliche Ausgabe von ca. 55,000 Mark und doch spart's nach Möglichkeit. Dann der gegenseitige Neid und das Herabmindern fremder und das Hochstellen eigener Leistungen; es ist ein amüsantes und doch auch wieder abstoßendes Bild. Soviel „Werke der Liebe und Barmherzigkeit" ich auch bisher kennen gelernt habe, die überwiegende Mehrzahl glaubte an der Spitze zu stehen und bot doch im Grunde genommen nichts. Ja, Komödie wird allermeist gespielt und die „interessanten Objekte" hierzu sind die Armen oder Verlorenen. Aber, wird Dieser und Jener fragen, warum nennt und kritisirt man überhaupt solche „Liebeswerke"? Die Antwort ist leicht: es sind treue Spiegelbilder und Wirkungen der Gegenwart.

An dem durch den Spandauer Schiffahrtskanal gebildeten Süd-Ufer liegt in freundlicher Lage das „Magdalenenstift". Ein mit dichtem Epheu beranktes Häuschen, das ein großes Schild mit der Aufschrift „Magdalenenstift" weithin kenntlich macht, ist der Vorbau durch den man in das Allerheiligste der Anstalt gelangt.

„**G**uten Tag, meine Herren", so schallte die Stimme des weiblichen Pförtners, als ich an einem schönen Sommertage in Begleitung des P. Wießner, die Schwelle des Hauses überschritt. Nachdem ein kleiner mit Bäumen und Blumen bepflanzter Vorhof durchmessen war, befanden wir uns bald auf einem mächtigen, ebenfalls reich beschatteten Platze, in dessen Hintergründe sich die Gebäuderäumlichkeiten hinziehen. Unter einer alten Linde saßen an einem mit Kaffeegeschirr, Schrippen und Stullen bedeckten Tische einige zwanzig Diakonissinnen bezw. „Schwestern" des Stiftes, die durchweg den Schmuck der Jugend und Mädchenhaftigkeit besaßen. Nur die mit einem goldenen Kreuz geschmückte stellvertretende Oberin, Schwester Bertha, eine sanftmüthige, freundliche Person, war in vorgerückteren Jahren. Die Vorstellung war bald beendet, ich ließ mich mit am Tische nieder und während des mir angebotenen und angenommenen Vesperkaffees konnte ich meine Umgebung mustern. Schwester Agathe neben mir links mochte ungefähr 20 Jahre zählen und die Frische der Wangen, das kluge Auge und das in der Mitte glatt gescheitelte, blonde Haar, welches größtentheils, wie bei den Anderen, durch ein weißes Leinenhäubchen verdeckt wurde, schufen ein Gesicht mit dem Prädikat: hübsch. Auch Schwester Emma vis-à-vis blickte kindlich unbefangen drein, auch plauderte sie allerliebst darüber, wie selten ein Besuch doch komme und mehr als einmal gab sie das Signal zu einem herzlichen Lachen an der Tafelrund. Während diese Menschenkinder, welchen die dunklen Leinenkleider, die weißen Schürzen und die Häubchen ganz nett standen, die Schrippen in den Mokka tauchten und eine frohe Unterhaltung führten, sah man auch noch andere Mädchen. Es war ein Theil der büßenden Magdalenen. Ein kleines Häufchen stand Gefäße reinigend am Brunnen, nicht weit entfernt davon gewahrte ich einen Kreis sitzender Gestalten, die aus einer großen Schüssel Kartoffel nahmen und diese schälten. Rechts vom Tische dehnten sich lange Gemüsebeete hin, sie wurden von den Jugendlichsten mit Schaufeln und Rechen bearbeitet. Noch andere zogen an uns nach der Waschküche zu mit dichtgefüllten Körben vorbei, ein Knix, ein Gruß zu dem gestrengen Herrn Pastor hinüber und sie waren dem Auge entschwunden. Alles junge Wesen und doch hat jedes bereits einen Roman erlebt. Es ist charakteristisch, daß das „Magdalenenstift" nur wenige Zöglinge birgt, die über 25 Jahre alt sind. Sechszehn bis neunzehn Lenze zählen die meisten. Die Prostituirte, welche über das erste Vierteljahrhundert hinaus ist, hegt auch nicht mehr die Illusion, daß sie ein zweijähriger Aufenthalt im „Magdalenenstifte" „bessern" werde. Was für reizende Köpfchen erblickte ich. Wenn man auch das Haar fein sittsam nach hinten gekämmt hatte und die dunklen gestreiften und punktirten leichten Sommerröcke gerade nicht sehr modern waren, Anmuth und Schönheit offenbarten sich auch im schlechten Kittel. Ich schaute in Augen so seelen- und unschuldsvoll, wie ich sie selten draußen im Weltstadtstrubel angetroffen habe. Aber die Physiognomie des „Magdalenenstiftes" ist im Allgemeinen doch eine weniger bestechende.

Ich trat mit der stellvertretenden Oberin einen Rundgang durch die Anstalt an. Schwester Bertha führte mich zunächst nach dem Wohnhause, in dessen erstem Stockwerke sich die Nähstube befindet. Etwa 15 Mädchen flickten und nähten unter Aufsicht zweier Schwestern. Die Mehrzahl stand im Alter von 15 bis 17 Jahren und sah elend und verkommen aus! Besonders fesselte mich ein kaum 15 jähriges Kind, dessen Rehaugen sich nur schüchtern auf uns richteten. Die Kleine ist im Alter von elf Jahren verkuppelt und verkauft worden!! Wenn Jemand zu ihr sagen würde: „Du bist schlecht!" so würde sie dies weder verstehen noch glauben, und mit Recht, denn als ein Produkt trauriger sozialer Verhältnisse ist sie schuldlos. Verstohlen blickten die Köpfe auf, als wir hereintraten und ununterbrochen rasselten die Nähmaschinen und klapperten die Scheeren. Wir stiegen hierauf in die obere Etage und den Bodenraum, um einen Einblick in die Schlafstätten zu thun. Sie sind sonderbarer Art. Jedes Mädchen ruht in einer engen Holzzelle, deren Oeffnung und Schließung durch eine Anlage nur den Schwestern möglich ist. Demnächst sollen jedoch diese feuergefährlichen Zellen verschwinden. Weit traulicher sind die Stuben der Schwestern, zumeist mit entzückenden Aussichten auf Gärten und Felder.

„Verdammtes Mädel", so drang eine Stimme aus dem Gewirr hervor, welches die Waschküche des Stiftes erfüllte. Und ein kleines Ding rannte hinter einem Mädchen her, das einen Besen widerrechtlich benutzen wollte. Man stelle sich einen Raum vor, in dessen Dampf und Rauch achtzehn junge Mädchen waschen und schauern. Dazwischen eine aufsichtsführende Schwester, die sich nur mit Mühe Gehör verschafft und verzweifelnd auf das Spülfaß hinweist, in welchem ein Handtuch liegen geblieben ist. Von Zeit zu Zeit hörte das Gesumme auf und man sang: „Hinaus in die Ferne", „Mit dem Pfeil" und „O, daß ich tausend Zungen". Eine ganz merkwürdige Liederzusammenstellung!

In der Waschküche sind die entwickeltsten „Magdalenen" thätig. Manche sehen ungenirt auf, Andere senkten den Blick. Am Kessel war ein brauner Lockenkopf beschäftigt; während der Arbeit schweifte das große Augenpaar wie fragend umher und endlich klang's lachend zur Schwester: „Leicht ist es nicht", dann fuhr das Mädchen resignirt in der Arbeit fort. „Paula, Paula, paß doch auf", rief eine Schmächtige, die mit einem allerliebsten Mädchen ein Stück Wäsche auswand. Ich lehnte an einem Pfeiler, hörte dem Gesange zu und beobachtete. Gleichgiltigkeit und Stumpfsinn! Glanzlose Augen in siechen Körpern, niedrige Stirnen, hohle Wangen und ein schleppender Gang bilden die Merkmale. Die Hitze der Waschküche hatte den Gesichtern eine unnatürliche Frische verliehen, die bald verflog, wenn eine der Fleißigen athemschöpfend ins Freie trat. Die 110 Zöglinge entstammen überwiegend den ärmlichsten oder verderbtesten Verhältnissen, sind durch Noth, Verführung und den Drang nach Vergessenheit aller Misere tiefer und tiefer gesunken und endlich im „Magdalenenstift" gelandet. In einer versteckten Ecke des Hauses ist eine Kammer. Dort sind Sammt- und Seidenkleider aufbewahrt, sie reden auch eine Sprache.

Die Bedingungen, auf welche jede Magdalena eingehen muß, klingen streng genug. Man lese:

„Jedes Mädchen verpflichtet sich, 2 Jahre im Stifte zu bleiben, um für den ordentlichen Dienstberuf in jeder Hinsicht ausgebildet zu werden. Nach Ablauf derselben erhält sie von der Oberin einen ihren Fähigkeiten und Leistungen angemessenen Dienst, zu welchem sie mit den nöthigen einfachen Kleidungsstücken ausgestattet wird, deren Kosten sie allmälig nach Bestimmung der Oberin an das Stift abzutragen hat. Wie sie in dem spätern Dienstverhältniß sich zum Stift zu stellen hat, erfährt sie durch eine Anweisung, welche den Abgehenden eingehändigt wird."

Selbstverständlich ist der freiwillige Austritt jeder Zeit gestattet.

Ein Engelsbild schien der alte Lindenbaum zu beschatten, als wir wieder nach dem Hofe zurückkehrten. Ueber eine Näharbeit gebeugt, saß ein 22jähriges Mädchen, in dessen fein geschnittenem, vom Schwindsuchtshauche übergossenen Gesichte sich fieberglühende Augen zeigten. Unsagbare Hoffnungslosigkeit und stilles Weh waren in den lieblichen Zügen ausgedrückt.

„Das Mädchen ist unrettbar krank, nebenbei gesagt ein eigensinniger Kopf, ein „schwieriger Fall", meinte P. Wießner, dessen Persönlichkeit übrigens sympathischer ist, als manches anderen geistlichen Herren. Nun, das „Magdalenenstift" weiß noch von vielen „schwierigen Fällen" zu erzählen, aber es soll auch aufrichtige Büßerinnen geben. Das sind diejenigen, welche in schön stilisirten Briefen die Geschichte ihrer Bekehrung und Besserung vortragen. Solche Ergüsse wirken vortrefflich in den Jahresberichten.

UNTER DEN ARMEN UND ELENDEN Berlins

EINE PFINGST-NACHT IM PRIVAT-ASYL

KAPITEL III

KAPITEL III

Nie fühlt sich die Armuth mehr in ihrer ganzen Nichtigkeit der Welt gegenüber, als wie an Tagen, wo Jeder feiert und glücklich ist. Und ist man auch in seinem Aeußeren herabgekommen, und die Menschen begegnen einem mit Herzlosigkeit gepaarter Verachtung, dann entfliehen all' die etwa noch vorhandenen guten Meinungen über die beste aller Welten.

Ein in allen Schattirungen vertretener Menschenstrom fluthete an mir vorüber, als ich am Nachmittage des ersten Pfingstfeiertages an der Ecke der Leipzigerstraße in die Friedrichstraße einbog. Mein Ziel galt dem Privat-Asyl für männliche Obdachlose in der Büschingstraße[5], in dem ich die kommende Nacht verbringen wollte. Ich hatte alle Einladungen ausgeschlagen, um Pfingsten in besonderer Weise – feiern zu können. Da es erst fünf Uhr war, hatte ich noch genügend Zeit zu einigem Flaniren. Ich befand mich zwar nicht in Festkleidung, im Gegentheil, was ich trug, entsprach vollkommen dem Aeußeren eines „Vagabunden", aber das bedrückte mich wenig.

Kleide Dich, lieber Leser, willst Du Deine Freunde erproben, in die erbärmlichsten Lumpen und durchschreite die Straßen. Sei versichert, von sechszehn Freunden, die Dir begegnen, sehen Dich zehn überhaupt nicht, fünf gehen mit einem halben Blick an Dir vorüber und nur einer flüstert Dir, sprichst Du ihn an, vielleicht zu: „Mensch, wie siehst Du aus; willst Du was, dann folge mir in eine Seitenstraße, man könnte uns hier sehen." Das ist grausam, aber wahr. Ich erfuhrt auch. Alle „lieben Bekannten", die mir in den Weg kamen, mußten plötzlich kurzsichtig geworden sein; denn sie, sonst die Freundlichkeit in Person, sahen mich absolut nicht. Ich entrann dem Gewoge der Friedrichstraße und der „Linden" und ging durch die Französische Straße und über den Schloßplatz

5 ▪ Das Privat-Asyl für obdachlose Männer bestand seit 1873 in der Büschingstraße 4 (heute Friedrichshain, damals zum Stadtteil Königsstadt gehörend) und wurde von dem 1868 von Persönlichkeiten wie August Albert Borsig, Rudolf Virchow und Paul Singer gegründeten „Berliner Asylverein für Obdachlose" betrieben.

und die Kurfürstenbrücke hinweg dem Rathhause zu. Hier zeigten sich andere Bilder, als in der Friedrichstadt. Aus den Kaufmannsvierteln drängten kleine Karawanen von Handlungsgehilfen und niedlichen Konfektioneusen. Man sah wenig Offiziere und Studenten, die „goldene Jugend" fehlte ganz, Merkur, mit der Rose im Knopfloch und dem Pincenez auf der Nase, behauptete das Feld. Der mittlere Kaufmanns- und Handwerkerstand bevölkert die Straßen der Königstadt und giebt ihnen ihr Gepräge.

Berlin Centrum war zu Ende und Nordosten begann. Ich näherte mich der Büschingstraße. Alles schien im Banne des Pfingstfestes zu stehen. Frohe, scherzende Paare, arme, für diesen Tag alles Leid vergessende Näherinnen, Männer der Arbeit mit ihren Frauen und Kindern wandelten langsam dahin. Und zwischen ihnen, je näher das Landsberger Thor kam, zerlumpte, in Fetzen eingehüllte Proletariergestalten. Hier und da heruntergekommene, nach Möglichkeit den Schein noch wahrende Passanten, denen trotz alledem der Stempel der Obdachlosigkeit gleich einem Brandmal auf die Stirn eingegraben war.

Von der nahen Bartholomänskirche schallten sechs Glockenschläge. Ich war in der Büschingstraße, an deren nach dem Friedrichshain zu belegenen Ende sich das Privat-Asyl für männliche Obdachlose befindet. Langsamen Schrittes ging ich auf dasselbe zu. Vor den Thüren trollten fröhliche Kinderschaaren, unbekümmert um die immer mehr, anwachsende dunkle Masse vor dem Asyl. Ich schob mich unter die auf die Oeffnnng harrenden Menschen. Das Unglück verbindet Alle und hebt jeden Rang- und Klassenunterschied auf, deshalb ist auch das förmliche „Sie" unter den Aermsten der Armen verpönt. „Heut zum ersten Male hier?", redete mich ein älterer „Genosse" an, den das Schicksal schon hart genug auf den Wogen des Lebens herumgeschleudert zu haben schien. „Stimmt!, erwiderte ich ebenso kurz „aber laß; mir ist heut am Pfingstfest sonderbar genug zu Muthe." „So en ‚Kunde' will och feiern", mengte sich ein Anderer hinein; „hast wohl nicht genug getalft?" (gebettelt)." Und so ging die „Unterhaltung" weiter. Eine lange halbe Stunde verstrich bis zur Asyleröffnung. Aus den Fenstern blickten neugierige Gesichter, Mütter hielten ihre Kinder an sich gepreßt, als wollten sie ihnen sagen: „Seht die Armen, werdet glücklicher!" Freundliche Maien umrahmten die Läden und Keller der Straße. Ich schaute empor. Ein bleigrauer Himmel hob sich in trostloser Oede von den Steinmassen ab. Von rechts lugten die Baumgipfel des Friedrichshaines. Grün, die Farbe der Hoffnung! Gab es für die Masse hier noch eine Hoffnung? Die Reihen schlossen sich immer fester und wer nun noch ankam, hatte keine Aussicht auf ein Unterkommen für die künftige Nacht. Das Privat-Asyl nimmt allnächtlich 300 Männer auf, diese Zahl mußte nach meiner Schätzung bereits überschritten sein. Außer dem unverdorbenen Bürschchen, das auf gut Glück nach Berlin gewandert und nachdem es alle Mittel verbraucht hatte, verzweiflungsvoll nach dem Asyle eilte, waren alle Altersstufen vertreten. Mannigfaltig und bunt trat die Kleidung der Obdachlosen in das Licht. Von der Sonne verblichen, von Sturm und Wetter zerzaust, vom langen Tragen und dem steten Aufenthalt in „Pennen" und dumpfen Orten, von dem undefinirbaren „Geruch der Armuth" durchzogen, war das Habit der Einen, von einer schäbigen Eleganz, die den Schein noch zu wahren suchte, das der Anderen. Verstohlen langte man bisweilen eine Schnapsflasche hervor, that einen Schluck, reichte sie dem Nächststehenden und steckte sie wieder in die Tasche. Während die Erfahrenen, die rettungslos

Verlorenen mit Galgenhumor ihre Tagesfahrten erzählten, sahen sich die Jungen scheu um und hörten stillschweigend zu.

Zur „Sicherheit" erscheinen allabendlich zur Zeit der Asyleröffnung außer dem gewöhnlichen Schutzmannsposten noch zwei berittene Beamte. Diese kamen angesprengt und nahmen im Rücken der Obdachlosen Aufstellung.

Es ist ein herrliches Vorrecht des Privat-Asyls, daß es gewissermaßen eine Freistatt[6] ist. Kein Polizeibeamter darf im Innern desselben eine Verhaftung vornehmen. Glaubt die Behörde unter den Asylisten eine von ihr gesuchte Persönlichkeit, so ist die Sistirung vor der Oeffnung oder wenn Morgens die Entlassungen erfolgen, auf der Straße in Scene zu setzen.

Ueber die inneren Einrichtungen ist schon Vielerlei mitgetheilt worden; ich will diese also nicht schildern.

Nun war's sieben Uhr, die Thür öffnete sich und in Schlangenwindungen zog das Heer der Obdachlosen in das Asyl.

Nach längerem Verweilen in dem mit einem Glasdache versehenen Hofe passirte Mann an Mann an dem würdigen Hausvater Keiper vorüber, der in einem auf einem Treppenabsatze angebrachten „Guckkasten" das Alter der Besucher und den wievielten Tag ihres Kommens notirte. Während die Frauen-Abtheilung einen fünfmaligen Besuch im Monat zuläßt, hat das Männer-Asyl nur drei Tage zu vergeben. Sonst ist auch in ihm kein Name zu nennen. Gleich den Übrigen nahm ich den dampfenden Napf mit Reissuppe und ein Stück Brod am Küchenfenster entgegen und hinauf ging's nach dem im dritten Stockwerk gelegenen Saal, wo die Jugend untergebracht ist. Es schmeckte mir vortrefflich und ich streckte mich nach gehaltener Mahlzeit in drillene Decken eingehüllt, auf dem Drathgeflecht der Bettstelle in dem Bewußt-

6 ▪ Obdachlose, die hier Asyl suchten, waren von der Meldepflicht befreit. Angegeben werden musste nur woher man kam und welchen Beruf man ausübte. Den Namen musste man nicht angeben und bis 1910 hatte die Berliner Polizei kein Zutrittsrecht.

sein nieder, daß der Werth eines Obdachs und eines Bissens Brod nur von Demjenigen ganz ermessen werden kann – dem Beides fehlt. Ich beobachtete meine Genossen näher. Nur Wenige hatten ein Ränzchen bei sich, die Mehrzahl nannte nichts weiter ihr eigen, als was der Leib trug. Die Augen lagen in den Höhlen, die Wangen waren blaß und die Körper hinfällig. Dieser und Jener band sich ein Papier-Chemisett ab, entledigte sich, mit Ausnahme der Hosen, der Kleider und legte die Sachen unter das „Bett“ oder benutzte sie als Kopfkissen. Ueberaus zahlreich war die Zahl der jungen Kaufleute, die, wenn sie erst bis zum Asyl gelangt, meistens verloren sind. Ein Handwerker kann sich unter Umständen aus dem Morast des äußersten Elends erretten; einem jungen Handlungsgehilfen ist dies unmöglich. Ganz natürlich. Zu schwerer Arbeit nur zu häufig untauglich, dazu von falschem Stolz erfüllt und ohne rechte Kenntnisse der Berliner Verhältnisse, ist der Sturz in die Tiefe ein desto schnellerer. Man saß auf den Bettgestellen, plauderte, schmiedete Pläne für den folgenden Tag, nähte und besserte sein Zeug aus und warf sich endlich in Morpheus' Arme.

Alles schlief; auch ich versuchte zu ruhen. Aber die Stunden rannen vorwärts ohne daß mich der Schlaf umfing. Hin und wieder erhob sich eine Gestalt, deren Schatten sich gespensterhaft an der Wand abzeichnete, hustend oder stöhnend von ihrem eisernen Lager und wartete dann wieder des Allerbarmers Schlaf, der Kummer und Elend aushebt und neue Kraft zum Kampfe ums Dasein verleiht. Ein Unwetter hatte sich entladen und der Regen schlug klatschend an die Fenster.

Von der Straße drang Lärm. Pfingstausflügler kehrten heim, sie trennten sich und ich hörte: „Na, August, Stange halten; aber amüsiert haben wir uns doch!“ „Det war selbstverständlich.“ „Ruhig, meine Herren, es ist Nacht,“ rief der Wächter. „Aber Pfingstnacht,“ schallte es im Chorus.

Wieder Stille! Auch die Naturgewalten beruhigten sich. Ich stand auf und trat ans Fenster. Der Horizont lichtete sich und die Straße erschien in jenem Dunkel, das die Dinge verschwommen erkennen läßt. Die Verkündiger des anbrechenden Tages: Die Bäckerjungen rasselten mit ihren Wagen vorbei, ihnen folgten Zeitungsfrauen und Milchverkäufer.

Endlich fielen die ersten Strahlen der aufgehenden Sonne in den Schlafsaal der Obdachlosen. Doch noch immer lagen die Menschen in tiefem Schlummer.

Um fünf Uhr ertönte die Stimme des Aufsehers: „Aufstehen!“ „Fechten gehen!“ klang ein unerwartetes Echo. Und so war's. Noch zwei bis drei Stunden und die Mehrzahl ging wieder in die Häuser, klopfte an die Thüren und bat um ein Stück Brot.

Die Umhüllungen der Körper: die Drillichdecken flogen nieder oder wurden hastig zusammengelegt, man streckte sich noch einmal und sprang schließlich auf. Alles wogte durcheinander und hastete nach den im Parterre gelegenen Waschräumen. Nachdem Toilette gemacht, wurde auf dem Bettrande Platz genommen und auf das Frühstück gewartet.

Erst jetzt offenbarte sich die in diesem Raume aufgespeicherte Noth in ihrer vollen Nüchternheit. „Was heute?“ Darum drehte sich die Unterhaltung, gewiß man hatte geruht, aber mit dem neuen Tage, war auch wieder das alte Elend erschienen.

Nachdem der Napf Kaffee und die Schrippe verzehrt waren, entließ das Asyl seine Insassen, die sich nun über ganz Berlin ergossen.

KAPITEL IV

EVAS-TÖCHTER!

UNTER DEN ARMEN UND ELENDEN **Berlins**

KAPITEL IV

Ein Stück vormärzlichen Berlins scheint plötzlich inmitten der Weltstadt von heute zu erstehen, wenn man von der verkehrsbelebten Prenzlauerstraße aus in das stille und ärmliche Viertel einbiegt, das die Hirten-, Amalien- und Füsilier-Straße[7] umfaßt. Während das Proletariat im Osten und Norden seine Quartiere mehr versteckt in hohen, mächtigen und modernen Arbeiterkasernen aufgeschlagen hat, — zeigen hier die Heimstätten der Armuth auch schon äußerlich ihre Bestimmung. Es sind kleine, vielfach verwitterte Häuschen. Und die Umgebung hat auch die Bewohner dieses Fleckes dementsprechend gebildet. Man spricht sich über die engen Straßen hinweg aus den Fenstern zu, trocknet an deren Rahmen ungenirt die Wäsche, kennt sich Haus für Haus, und die Kinder dürfen unbesorgt auf dem Fahrdamm kleine Erdhaufen errichten und die Freuden des Spiels genießen, kein Wagengerassel vertreibt sie.

In dieses Idyll ragt das Gebäude des Frauenasyls in der Füsilierstraße. Hier spielen Tragödien, Romane enden, und seltsamste Lebensläufe beginnen. „Was mag die Hausmutter des Asyls für einen Schatz von Erinnerungen und Erfahrungen während ihrer langen Wirksamkeit angesammelt haben?“, so fragte ich mich wiederholt. Das gesunkene Weib zeigt sich anders, als der von der Gesellschaft losgelöste Mann, es ist offener, vielleicht brutaler in seinem Falle und nur selten wieder zu erheben. Und warum? Es ist die moderne Erziehung, die in dem Weibe jede Selbstständigkeit unterdrückt und im Fall der Noth es plan- und hilflos umherwirft. Da ein Abendbesuch des Asyls allein nicht dazu angethan sein konnte, Wissenswerthes zu erfahren, beschloß ich, der Hausmutter vorher meine Aufwartung zu machen und zog in Ausführung dessen um die Mittagsstunde die Hausglocke jener

7 ▪ Das Asyl befand sich in der Füsilierstraße 5. Die im Scheunenviertel gelegene Füsilierstraße verlief zwischen der Linienstraße und der damaligen Amalienstraße.

Stätte bitterer Noth. Ich traf die Hausmutter an. Frau Börngen, eine Greisin, steht seit 1871 dem Frauenasyl vor. Sie hat während dieser Zeit 292.730 Frauen, Kinder und Mädchen aufgenommen und ist so gleichsam zur lebenden Chronik des Asyls geworden. Von dem, was ich in schmuckloser Erzählung vernahm, will ich Einiges wiedergeben.

„Sie wollen etwas von meinen Erlebnissen wissen?“, frug die Genannte. „Gut, ich bin zwar alt geworden und mein Gedächtniß verläßt mich allmählich; aber vielleicht finden Sie doch etwas „Brauchbares“ in dem, was ich Ihnen noch mittheilen kann.“ Die alte Dame wickelte sich fester in ihr Umschlagetuch, streichelte ihr Haar und sah mich dann fragend an. „Vielleicht beginnen Sie mit dem, was die meisten Frauen und Mädchen ins Asyl getrieben hat,“ bat ich. „Sehen Sie“, sprach sie und neigte den Kopf, „voriges Jahr waren 18.428 Personen hier. Was die wohl des Obdachs beraubt hat? Es waren größtentheils von ihren Männern verlassene Frauen mit ein und mehr Kindern, junge und alte Mädchen, die durch Krankheit und Arbeitslosigkeit, vielfach auch durch eigenen Leichtsinn ein festes Heim verloren und verzweifelnd hier anpochten. Dann kommen die bereits Versumpften, die man nur zu sehen braucht, um auch schon Alles zu wissen. Viele von diesen haben seit Jahren keine ordentliche Schlafstätte, sie ruhen in „Pennen“ oder bei „Mutter Grün“ und begehren nur von Zeit zu Zeit, wenn die Tages-Einnahmen des „Schälens“ oder „Bettelns“ zu gering waren, im Asyl Aufnahme. Das sind die Glücklichen, die gar nicht mehr über ihre Verfassung Nachdenken können. – Ich werde fast allnächtlich geweckt; öffne ich die Thür, dann steht ein Mädchen draußen, das Nachts in Berlin angelangt ist und nun bei dem Geringen, das sie besitzt, nicht weiß, wohin sie sich wenden soll. Sie irrt in den Straßen umher und wird, besitzt sie den Muth, sich an einen Schutzmann zu wenden, von diesem ins Asyl gewiesen. Sie wollen alle ihr Glück in Berlin machen. Manch junges Blut habe ich verkommen sehen. Bei dem einen Ding ging es rasch, bei dem anderen langsam, ja langsam." Frau Börngen stockte, schallte die gegenüber hängende statistische Tafel an und fuhr dann fort: „Die Mädchen nächtigen fünf Mal hier und bemühen sich inzwischen um ein Unterkommen. Finden sie in dieser Frist kein solches, dann ist es schlimm. Die einen werden Straßendirnen, die anderen enden durch Selbstmord, verschwindend wenigen glückt die Heimkehr. Ich merke mir die Gesichter. Bei einem Mädchen lagen fast an die fünf Jahre zwischen ihrer ersten Aufnahme und dem Tage ihrer Wiederkehr. Wie frisch und blühend sah sie damals aus, als schwindsüchtige Todeskandidatin trat sie wieder vor mich hin. Was Berlin einem schönen Mädchen bietet, das gefallen ist, hatte sie in vollen Zügen genossen. Das Lied war aus. Schlimmer haben's die älteren Frauen; die betteln, ergeben sich zumeist dem Trunke und sind noch gut daran, wenn sie ein kleines Kind bei sich haben, das Mitleid weckt. Am beklagenswerthesten aber sind doch die, welche gleich familienweise die Asyle besuchen müssen. Der Mann geht nach der Büschingstraße, die Frau und die Kinder bleiben hier. Am andern Morgen treffen sie sich an einem bestimmten Punkte, um nach verzweiflungsvollen Stunden am Abend wieder auseinander zu gehen. Das Ende ist gewöhnlich, daß Alle auseinander geschleudert werden und rettungslos verkommen."

Der Worte wurden hin und her gewechselt und ich erfuhr noch manches Interessante. Das Asyl beherbergt Menschen, denen aller Voraussicht nach etwas Besseres beschieden war. Eine Baronin kehrte Jahre hindurch allmonatlich im Asyl ein. Nie sagte sie ein Wort über die näheren Umstände ihres Falles. Ein dichter Schleier lagerte über den Beziehungen und der Vergangenheit der Baronin; nur das wußte ich, daß sie mit einer sehr hochstehenden Adelsfamilie eng verschwägert war, aber diese Verwandtschaft bewahrte sie eben nicht vor der Obdachlosigkeit. Sie schien dem Trunke und Lastern zu fröhnen, die ihren Ruin herbeiführen mußten. Und so stieg die arme Baronin von Stufe zu Stufe. Hin und wieder sandte ein Staatsbeamter einen Geldbetrag; sie blieb dann einige Zeit fern, sank inzwischen immer mehr, wurde dazu noch fast blind und beschloß schließlich in der Charitee ihr wechselvolles Leben.

Gegen neun Uhr Abends kehrte ich noch einmal ins Asyl zurück. Von den Schlafsälen war der im oberen Stockwerk befindliche nahezu gefüllt. Wie das Männer-Asyl in der Büschingstraße, so ruhen auch im Frauen-Asyl die Obdachlosen auf einem Drahtgeflecht, dem noch zwei Drillichdecken beigegeben sind. Jung und alt, häßlich und hübsch, das Laster und die Unschuld hatten sich zusammengefunden. Mutter Börngen und ich saßen der Eingangsthür gegenüber und jeder der in ununterbrochener Folge Kommenden mußte an uns vorüber. „Sehen Sie das Mädel da, die mit dem feinen Strohhut und dem Umhang? Die ist heut zum fünften Male hier; was die wohl morgen beginnen wird, ich möcht's wissen", äußerte die Hausmutter. Diejenige, von welcher die Rede war, hatte sich inzwischen auf ihrem Lager niedergelassen und verzehrte in Hast das aus einem Napf Mehlsuppe und einem Stück Brod bestehende Abendessen. Das Mädchen war nicht unschön und von einer Frische, der man es anmerkte, daß des Lebens Sturm erst zu brausen begann. Die leise geführte Unterhaltung der Uebrigen drang nicht zu unseren Ohren, man hatte zu Füßen der Bettstelle Platz genommen, stierte vor sich oder beruhigte — sein Kind. In das Stimmgewirr der Alten mischte sich das Schreien der Säuglinge, unten erschallte fortwährend die Hausglocke und eine Irrsinnige zeichnete mit ihren Fingern in der Luft Kreise und Figuren. „So gehts Abend für Abend", meinte sehr ruhig Frau Börngen. Ich blickte auf die Lagerstätten. Mehrere der Frauen hatten sich auf dem Drahte niedergelegt, die wimmernden Kleinen an die Brust gethan und beobachteten nun die Umgebung. Bei den meisten der Ruhenden guckten nur die Köpfe aus der Drillich-Umhüllung hervor, eine behagliche Temperatur erfüllte den Saal und diese, wie der Trost, für die Nacht ein Unterkommen zu haben, ließ die Geister aufleben. Die Zeit rann dahin; es war nahe an zehn Uhr, aber noch immer kamen Gäste. Allmählich wurde es stiller, die Mehrzahl der Armen ruhte und ich mahnte zum Aufbruch.

. . . . . Tiefe Stille herrschte auf der Straße, als ich die Stufen des Asyls hinab stieg. Seit 1871 sind sie 292.730 Frauen, Mädchen und Kinder hinauf- und hinabgegangen, denen das fehlte, was das niedrigstorganisirte Thier besitzt: ein Obdach.

NACHTS IN DEN STRASSEN

KAPITEL V

UNTER DEN ARMEN UND ELENDEN **Berlins**

Es ist nahe an Mitternacht. Noch pulsirt in der Leipziger- und Friedrichstraße, den „Linden" weltstädtisches Leben. Nur allmählich leeren sich die Wirthschaften und besseren Lokale der Friedrichstadt. Je verlassener diese Stätten werden, desto mehr füllen sich die Cafès. Dieselben kommen noch immer auf ihre Rechnung und der anfangs so fürchterlich erschienene Polizei-Ukas[8] vom 1. Juli 1887, welcher der Demimonde das Betreten der Hauptverkehrsadern der Weltstadt verbietet, hat den „Damen" im Großen und Ganzen wenig geschadet. Gingen sie früher, so fahren sie jetzt zu den Märkten, auf denen sie ihre Leiber dem Meistbietenden überlassen. Zweifellos ist die Physiognomie der auf den Index stehenden Straßen eine andere geworden und es muß zugegeben werden, daß das nächtliche Treiben in ihnen bis zu dem erwähnten Zeitpunkt häufig in wahre Schamlosigkeiten ausartete. In der Rosenthaler- und der Luisenstadt ist das Bild der Cafès ein weniger bestechendes, als wie in der Friedrichstadt. Man ist offener und rücksichtsloser. Auch das Zuhälterthum giebt sich frecher. Je näher man kommt, desto glänzender das Aeußere, desto stärker die Heuchelei und desto geschminkter das Laster. Eine Reihe niedriger, langgestreckter Wagen mit Aepfelsinen, Feigen und anderen Süßigkeiten angefüllt, steht in angemessenen Entfernungen die Friedrichstraße entlang. Ihre Besitzer sind auf steter Lauer vor den Schutzleuten, da eine polizeiliche Vorschrift das dauernde Stillstehen der Waarenfahrzeuge verbietet. Junge und alte Krüppel, Frauen und Kinder bieten hockend oder stehend mit monotonen, heiseren Stimmen „Schweden"- und Wachsstreichhölzer an. Knaben, halbwüchsige Burschen und Mädchen rennen mit ihren Blumenvorräthen vor den Passanten her und machen in eindringlichster Weise auf die „schönen Vergißmein-

8 ▪ „Ukas", abgeleitet von dem russischen Wort „okasanij" (Hinweis) ist ein während der Zarenzeit in die deutsche Sprache eingegangener ironisch verwendeter Ausdruck für einen großen Wunsch der Obrigkeit, der den Angestellten oder Beamten Befehl ist.

nichts", Veilchen und Rosen aufmerksam. Bisweilen erblickt man ein liebliches Kindergesicht unter den Blumenverkäuferinnen, kaum glaubend, daß ein solches dem vierten Stande entsprossen sein könnte. Bittere Noth im Elternhause, Verzweiflung, nur zu oft aber auch die egoistischste Berechnung gewissenloser Pfleger, treiben jene Kinder des Proletariats hinaus in das Dunkel und die Gefahren der Nacht. Sie leiden sammt und sonders Schiffbruch. Das flimmernde, lockende Weltstadtgetriebe, der stete Umgang mit schon Verderbten, die vielfache Versuchung und das eigene Elend treiben unaufhaltsam auf ihn zu. Gewiß, der Mensch kann sich auch in Widerwärtigkeiten aufrecht erhalten; aber Ammenmärchen sind es, daß unter solchen Bedingungen Niemand verkommt. Es ist wie mit dem edelsten und bravsten Menschen, der zum Bettler und Lumpen wird, wenn er obdach- und existenzlos ist. Daran ändert auch der sentimentalste Schönschreiber nichts.

Ein Nachtstück bildet der Sammelort der männlichen Prostituirten. Es ist das der Theil der Friedrichstraße zwischen der Weidendammer Brücke und der Behrenstraße. Diese widerwärtigen, unter den Augen geschminkten „Jünglinge" sind kenntlich genug an ihrer grellen Kleidung.

Aus dem Cafè Bauer[9] kommt und geht ein prunkender Menschenstrom. Ein berückendes Bild, die mit verschwenderischem Luxus ausgestatteten, lichtdurchflutheten, jedem Straßenpassanten sichtbaren Räume! In ihnen selbst eine froh in den Morgen hineinlebende und zechende Menge. Und doch zeigen sich die klaffenden Gegensätze Berlins nirgends machtvoller als gerade an dieser Stelle. Man blicke gegenüber auf die Promenadenbänke des Mittelganges der Linden. Da sitzen die Parias der Gesellschaft, denen kein Bett, nicht einmal ein Stück Erde zum Schlaf

9 ■ Das Café Bauer am Boulevard Unter den Linden eröffnete 1877 und war eines der ersten Berliner Cafés nach Wiener Vorbild. 1884 wartete es zudem mit einer Innovation auf: es wurde mit elektrischem Licht ausgestattet.

winkt. Die müden Augen blicken in das strahlende Lichtmeer. Von Zeit zu Zeit wankt eines dieser unglücklichen Menschenkinder davon, mit Sehnsucht den neuen Tag erwartend.

In den Vorstädten ist alles still. Die Häusermassen, deren Fenster gleich steinernen Gesichtern auf den Nachtwanderer herabschauen, sind in einen dichten Nebel eingehüllt. Zwei Uhr! Hier und da ist eine Mansardenwohnung, ein Zimmer im vierten Stockwerk erleuchtet. Sie bergen Näherinnen, die bis in die Morgenstunde über ein Stück Zeug gebeugt sitzen. Dort liegt vielleicht ein kranker Arbeiter, auf dessen Bett der Todesengel und ein armes Weib wachen. Fürwahr, im Norden und Osten Berlins ist ein Elend aufgespeichert, von dem nur eine Minderheit Kenntniß hat.

Langsam schleichen die Obdachlosen durch die Straßen, der gleichmäßige Schritt der Nachtwächter und das Rollen vereinzelter Wagen hallen in der Stille wieder. Je näher der Morgen rückt, desto mehr ziehen sich die Angehörigen der „Halbwelt“ in ihre Verstecke zurück.

Berlin steht zeitig auf, wenn Tausende noch ruhen, rüsten sich Hunderttausende schon wieder zu frischem Thun.

Ich wollte kein größeres oder gar vollständiges Bild des nächtlichen Treibens zeichnen, nur Umrisse sind diese wenigen Zeilen.

IDIOTEN!

UNTER
DEN ARMEN
UND
ELENDEN
Berlins

KAPITEL
VI

Ein Musterinstistut, das in Deutschland nicht seinesgleichen haben dürfte, aber sowohl in Berlin, wie außerhalb fast garnicht bekannt ist, ist die mit der Städtischen Irrenanstalt zu Dalldorf[10] verbundene Idiotenanstalt. Vor sechs Jahren begründet, ist die Fortentwickelung derselben eine stetige gewesen. Wie ich einen Vormittag bei den Idioten verbrachte, habe ich in einem in der „Vossischen Zeitung" erschienenen Artikel geschildert, den ich hier folgen lasse:

Die Städtische Idiotenanstalt, ein sich langhinziehendes, im Backsteinbau errichtetes, zweistöckiges Haus liegt, abseits von den Pavillons der Irren, von geschmackvollen Gartenanlagen umgeben, frei da und beherbergt augenblicklich etwa 112 Knaben und 51 Mädchen. In der Anlage war ursprünglich nur Raum für 100 Kinder vorgesehen; im Laufe der Jahre ist der Andrang aber immer stärker geworden, so daß eine Erweiterung zwingende Nothwendigkeit ist. Vom April nächsten Jahres ab erhebt sich denn auch hinter der heutigen Anstalt ein zweites Gebäude, das nur für Mädchen bestimmt sein soll, während die Knaben im alten Hause bleiben.

Es kann keinen Zweifel unterliegen, daß die Erziehung der Idioten die schwierigste pädagogische Aufgabe ist. Stehen sie doch auf der niedrigsten Stufe menschlicher Entwicklung und sind doch die in ihnen ruhenden Lebensgeister nur unter Beobachtung der äußersten Vorsicht allmählich zu wecken. Bei den meisten ist außerdem der geistige Mangel mit physischer Gebrechlichkeit verbunden. Von den durchweg über 5 Jahre alten Zöglingen waren z. B. vergangenes Jahr 13 gelähmt, 50 vermochten nicht allein aufzustehen, 65 konnten sich nicht selbst ankleiden, 82 mußten gewaschen werden und 8 Zöglinge wurden endlich im

10 ▪ Die „Städtische Irren- und Idioten-Anstalt zu Dalldorf", im heutigen Wittenau, einem Ortsteil des Stadtbezirks Reinikendorf gelegen, wurde 1880 gegründet und 1925 in „Wittenauer Heilstätten" umbenannt. 1957 erhielt sie den Namen „Karl Bonhoeffer Nervenklinik".

wahrsten Sinne des Wortes gefüttert. Zerstörungssüchtig waren 17 Kinder. Trotzdem bleibt die überwiegende Zahl der Zöglinge bildungsfähig, d. h., sie können, nachdem sie in der „Versuchsklasse" gesessen haben, am Schulunterrichte Theil nehmen, der vorzüglich aus folgenden Fächern besteht: Lesen, Schreiben, Rechnen, Zeichnen, Kenntniß der Münzen, der Uhr und der Farben, Turnen und Singen. In der „Versuchsklasse" wird das geübt, was sonst in der Familie bis zum schulpflichtigen Alter gepflegt wird, als die Belebung der fünf Sinne, Sprechen u. s. w. Wer hier weder für die Schule, noch zu rein mechanischen Handarbeiten tauglich befunden wird, kommt zunächst nach der Station für Bildungsfähige und dann später – nach der Irrenanstalt, Manche werden auch, oft zu ihrem Schaden, vorzeitig wieder ins Elternhaus zurückgezogen.

Ein längeres Verweilen gab's zunächst in dem einem kleinen Museum gleichenden Amtszimmer des Erziehungsinspektors Piper. Naturgemäß hat Alles auf dem Anschauungsunterricht zu basiren und dementsprechend sind ein paar Schränke mit Sachen gefüllt, welche das Entzücken eines jeden Kindes hervorrufen müssen. Ausgestopfte Thiere, Nester, Mineralien, Miniatur-Lokomotiven, Haus-, Feld- und Gartengeräthe, Bäume, Häuschen, Hill'sche Anschauungsbilder u. a. m. sind in Masse vorhanden. Um den Idioten, welche abstrakte Zahlen nicht zu fassen vermögen, das Rechnen beizubringen, hat Herr Piper eine eigenartige Methode erfunden. Auf zehn von ihm gemalten Bildern veranschaulicht er die Zahlen von eins bis zehn. Bild Nr. 1 zeigt z. B. eine Kirche mit einem Thurm und einer Uhr, deren Zeiger auf eins deutet. Oben links in der Ecke befindet sich ein Punkt und zur Seite rechts steht die deutsche Zahl 1 (auf den andern Tafeln stehen eben so viel Punkte wie Zahlen). Recht ansprechend ist auch Bild Nr. 4, eine Schreibstube mit einem Tisch auf dem vier Tintenfässer ihren Platz haben. Die weitere Ausstattung besteht aus vier Stühlen, von denen einer lehnt und drei frei herumstehen. Eine Winterlandschaft, aus der eine Tanne mit zehn Kienäpfeln hervorragt, ist Bild Nr. 10. Und so fort. Ein besonderer Vorzug dieser Bilder, die nächstens kolorirt werden, ist das, daß sie in den Zöglingen gleichzeitig den Natur- und den Farbensinn wecken. Daher ist auch Bedacht genommen, daß den Kindern nichts Fremdes entgegenschaut. Was ein Baum, ein Kegel oder ein Stuhl bedeuten, ist ihnen vorher klar gemacht worden. In den Korridoren, Wohn- und Schulräumen, überall sind bildliche Darstellungen angebracht. Man wähnt sich wahrlich in keiner Idiotenanstalt, so heiterruhig und fast traulich ist das Innere.

Unser Besuch fiel gerade in die Frühstücksstunde und wir gingen mit Herrn Piper nach dem im oberen Stockwerk gelegenen Unterhaltungssaale. Der ganze Raum war mit Tischen durchzogen, an denen unter Aufsicht der Wärter und Wärterinnen über hundert Zöglinge saßen und ihr aus Schmalzstullen bestehendes zweites Frühstück einnahmen. Eine große Aufregung bemächtigte sich bei unserem Eintritt der Speisenden. Lallende, unartikulirte Laute, Freudensrufe, Klatschen in die Hände und neugieriges Erheben von den Plätzen seitens der Einen, verständnisloses Anblicken und dumpfes Hinbrüten seitens der Anderen; die Unmasse von Physiognomien, kurz Alles verwob sich zu einem charakteristischen Gemälde. Die linke Seite des Saales hielten die in verschiedenartigen Anstalts- oder Privatanzügen bekleideten Mädchen besetzt, die Knaben rechts waren mit blauleinenen Jacken und Drilichhosen ausgestattet und trugen durchweg kurzgeschorenes

Haar. Allmählig beruhigte man sich und wir konnten, so weit wie möglich, die einzelnen Gänge durchschreiten. Ein Knabe kam auf den Inspektor zugehüpft und frug in abgebrochenen Worten: „Wandersmann singen, Herr Inspektor, Wandersmann?“ „Der Gesang ist den Idioten mit das Liebste,“ erklärte mein Begleiter, „und wir nützen ihn auch entsprechend aus.“ Andere Kinder, namentlich Knaben, streckten uns die Hände zur Begrüßung entgegen oder lächelten uns freundlich zu. Manchen war es anzusehen, wie sie vergeblich nach einem Ausdruck rangen, nicht Wenige auch ahmten mechanisch die Hand- und Kopfbewegungen ihrer Gefährten nach.

Das Frühstück war beendet und die Reihen wollten sich auflösen, als der Inspektor vortrat und rief: „Sänger vor!“ Wir sollten die Gesangsfertigkeit der Idioten kennen lernen. Es wurde gedrängt und gestoßen, ein Hin- und Hergeschwirre von Stimmen entstand und dreißig Mädchen und Knaben, sowie die Wärter stellten sich um das in einer Ecke stehende Piano auf. Inspektor Piper setzte sich an das Instrument und die Grell'sche Motette[11] „Herr, Deine Güte reicht“ brauste vierstimmig durch den Saal. In die ersten Töne mischten sich noch unverständliche Rufe und leiser Mitgesang, aber dies erstarb, je stärker die Motette anschwoll. Von draußen brach die Sonne herein und überfluthete alles mit goldenem Schimmer. Man sah den blauen Himmel, das Grün der Bäume, die hundert unglücklichen Menschenkinder, die bald hinausschauten, bald sich nach vorn beugten und die Melodien gleichsam aufzusaugen schienen. Als der Gesang verhallt war, trat eine kleine Pause ein, nichts regte sich. „Jetzt etwas Frohes, Kinder,“ sprach Herr Piper und jubelnde Zustimmung folgte, als das Thema hieß: „Es klinget so lieblich in Waldes Grün“. Und die Kleinen und Großen sangen; man schlug mit Händen und Füßen

11 ▪ Der Berliner Komponist und Organist August Eduard Grell (1800–1886), der ab 1853 als Direktor auch die „Sing-Akademie zu Berlin“ leitete, komponierte zahlreiche Psalmen, Motetten, Kantaten, Lieder, Duette und ein Oratorium.

den Takt, die Sänger hielten sich umfaßt und schmetterten aus froher Brust die liebliche Weise. „Ach, das war schön," „Wieder, wieder!" „Adjös, Herr Inspektor, morgen noch einmal," so sprachen diejenigen, welche ihren Empfindungen Ausdruck zu geben vermochten, die Uebrigen blieben glücklich lächelnd sitzen oder schmiegten sich stumm an uns. Endlich stand man auf und fort gings in die Schule.

Nachdem sich die Kinder fortbegeben hatten, folgten wir ihnen in die fünf Schulklassen, von denen die letzte eine Parallelklasse besitzt. In jeder saßen an zehn bis fünfzehn Mädchen und Knaben bei einander, aber jedes Kind an einem besonderen Pult. Es wurde gerechnet, geschrieben und gelesen. Wie bereits erwähnt, muß den Idioten alles konkret veranschaulicht werden und so wimmeln denn die Schulstuben von Bildern und Erklärungsgegenständen. Bei der geringen Schülerzahl jeder Klasse können sich die zwei Lehrer und zwei Lehrerinnen (ausschließlich des Erziehungsinspektors) mit jedem Kinde eingehend genug beschäftigen. Wir sahen eine Anzahl Schreibhefte durch und waren von den festen Zügen und der fehlerfreien Orthographie erstaunt. Haben nämlich die Idioten einmal etwas erfaßt, dann sitzt es auch fest. Aber welch Jahre lange Mühe und Geduld ist darauf zu verwenden! Vor dem 18. bis 20. Lebensjahre kann selten Einer als „gebessert" entlassen werden. Und wie ist mit den Gebrechen jedes Einzelnen zu rechnen. Die Meisten leiden an angeborener Idiotie, die Uebrigen an erworbener, an apathischer, an exaltirter Idiotie. Vorzüglich entstammen die Idioten der Dalldorsischen Anstalt dem Arbeiter- und Handwerkerstande.

Der Laie stellt sich für gewöhnlich unter einem Idiotenhause eine Ansammlung von Mikrocephalen vor. Aber unter den 163 Zöglingen der Anstalt in Dalldorf sind nur zwei „Kleinschädel", beides Mädchen, zu finden. „Helene", so sprach Piper das eine derselben an, „wie alt bist Du?" Die Angeredete, die schleppenden Ganges und wie fast alle Idioten mit festem Auge herantrat, sann nach und endlich klang es leise: „Sechs Jahre." „Sechzehn Jahre, Helene". Der Inspektor richtete noch mehrere Fragen an die dem Anschein nach kaum zehnjährige Arme, die bald richtig, bald falsch antwortete. Ueberraschend ist die Zahl der hübschen, zum Theil sogar schönen Mädchen- und Knabengesichter. Man muß erst längere Zeit dieselben angeschaut und eine gewisse Starrheit des Auges entdeckt haben, ehe man sich ihres geistigen Zustandes bewußt wird. Die Idioten sind ganz Kinder und von einer Harmlosigkeit, von der das Möglichste zu erreichen ist, allerdings nur in Freundlichkeit. „Mit Schlägen und Schelten würden wir nicht weit kommen", meinte Herr Piper, „aber ein liebevolles Mahnen führt uns meistens zum Ziele".

Dreizehn Knaben und einige Mädchen enthielt die Station für „Bildungsunfähige". Sie saßen um einen niedrigen Tisch auf kleinen Stühlen, ganz wie Wartekinder. Gleich solchen werden sie auch behandelt. Ein zehnjähriger Knabe hatte einen Tag vorher den ersten Schritt gethan und nun wollte er fortwährend herumhumpeln. Neben ihm hockte ein 8 jähriger Junge, der trotz seines Alters noch in Mädchenkleidern steckte und wie ein dreijähriges Kind ausschaute. Seine Aermchen streckten sich uns entgegen, als wollte er sagen: „Nimm mich, trag mich!" Unter diesen Bildungsunfähigen ist auch ein Knabe, der kein Wort sprechen kann, aber dagegen jede Melodie, die er hört, sofort richtig nachsummt. Noch einen so einseitig begabten Zögling trafen wir in der Buchbinderwerkstatt an: einen taubstummen Idioten, der alles, was er

sieht oder was ihm durch Zeichen verständlich gemacht wird, mit einer verblüffenden Naturwahrheit malt. Welch' Räthsel!
Je nach ihrer Veranlagung werden die vorgeschrittenen Zöglinge unter Aufsicht von Meistern in den im Keller der Anstalt liegenden Werkstätten der Schuhmacher, Schneider, Buchbinder und Korbmacher zu Handwerkern ausgebildet. Andere wieder, deren Individualität sich mehr dem Leben in der Natur anschmiegt, finden in den großen Garten- und Feldanlagen Verwendung. Der Blinde wie der Stumme, sie beide können ohne große Schwierigkeiten zu selbstthätigen Mitgliedern der Gesellschaft herangebildet werden; ganz anders der Idiot, er hat Augen und vermag nichts zu sehen, sein Gehör ist normal und er kann nichts vernehmen. Und doch ist auch er in nicht wenigen Fällen zum Kampfe ums tägliche Brot tüchtig zu machen und das Gute und Schlechte der Welt zu sehen und zu hören, ihm nicht verschlossen.

UNTER
DEN ARMEN
UND
ELENDEN
Berlins

IM RUMMELS-BURGER ARBEITS-HAUSE

KAPITEL
VII

ALLGEMEINES

Rummelsburg bei Berlin ist sehr populär und mit Recht. Es giebt jedenfalls wenige Flecke in Deutschland, die wie dieser Berliner Vorort auf nicht übermäßigem Raume die gewaltigsten Gegensätze in sich bergen und ein so treues Spiegelbild unserer sturmdurchpeitschten Zeit sind. Rummelsburg ist ein Centrum der Industrie und des Schaffens, des Gefängniß-, Armen- und Erziehungswesens, des Mangels und des Ueberflusses. Hier dampfen die Schornsteine riesiger Fabriken, dort winken die Schilder der elegantesten Vergnügungslokale. In dieser Straße streben mächtige Arbeiterkasernen empor, in jener ruhen beschattet vom Lindengrün die prächtigsten Villen.

Einen Besuch des „Arbeitshauses" zu Rummelsburg[12] rechne ich zu meinen nachhaltigsten Erinnerungen. Mit einem Empfehlungsschreiben des aufsichtsführenden Stadraths Mamroth ausgerüstet, konnte ich alles besichtigen und soweit es möglich war, auch prüfen.

Ich werde nachstehend eine Skizze des „Arbeitshauses" geben. Wer von der Stadtbahnstation Rummelsburg-Stralau kommend, an den chemischen Fabriken und dem langgestreckten Garten des „Städtischen Waisenhauses" vorüber ist und sich nun auf dem „Kiez" befindet, gewahrt rechts eine Reihe zweistöckiger, im Rohbau geschmackvoll aufgeführter Gebäude, die ein mit einem eisernen Gitter versehener rasenbedeckter Vorhof unterbricht, in dessen Hintergründe sich ein größeres Haus, eine Kirche und eine ganze Anzahl sogenannter Pavillons und anscheinend kleine Fabriken erheben, wenigstens deuten die Schlote der letzteren darauf hin. Würde man nicht auf dem größeren Hause vorn, dem Sitze der Direktion, in großen goldenen Lettern die Bestimmung

12 ▪ Das im heutigen Stadtbezirk Lichtenberg gelegene „Städtische Arbeitshaus Rummelsburg" war das Arbeitslager des benachbarten „Friedrichs-Waisenhauses", das etwa 500 Knaben beherbergte. Es entstand zwischen 1877 und 1879.

dieses Gebäudekomplexes lesen, man könnte Zweifel hegen, das Berliner städtische Arbeitshaus vor sich zu haben, in so vornehmer, idyllischer Ruhe liegt es da und so wohlthuend ist sein äußerer Anblick.

Bis zum Herbst 1879 befand sich das Arbeitshaus noch in Berlin selbst: in dem nun verschwundenen „Ochsenkopp[13]" am Alexanderplatz. Nicht wenig reden machte zu der erwähnten Zeit der Umzug aus dem alten Gemäuer nach dem modernen „Arbeitshause" in Rummelsburg. Um vor Demonstrationen der in der „Freiheit" zurückgebliebenen Zuhälter der weiblichen Korrigenden sicher zu sein, wurden die umfassendsten Vorsichtsmaßregeln getroffen. In dunkler Nacht geschah in dicht verschlossenen Kremsern die Umquartierung der „Damen" nach Rummelsburg. Einige aufregende Scenen spielten sich aber doch ab.

Der neue „Ochsenkopp" umfaßt die Korrigendenanstalt, das Armen-Hospital und die Erziehungsanstalt für verwahrloste Knaben. Welche Dimensionen das Elend, die Prostitution und die „Vagabundennoth" angenommen haben, davon will ich einen Beleg zu geben suchen. Wer kommt ins Arbeitshaus? Die Prostituirten, die wiederholt gegen die sittenpolizeilichen Vorschriften verstoßen und die Männer, die verschiedene Vorstrafen wegen Bettelns oder „Arbeitsscheu" erlitten haben. Die letztgenannte Bezeichnung mag frappirend wirken, aber es ist die offizielle. Wer z. B. das städtische Asyl fünfmal besucht hat und vielleicht in kalter Wintersnacht verzweiflungsvoll wieder zurückkehrt, wird vor den Polizei-Richter gestellt und wegen „Arbeitsscheu" bestraft. Will der Inhaftirte frei ausgehen und beweisen, daß er sich inzwischen um Arbeit bemüht hat, dann droht ihm eine wochenlange Untersuchung, die Aussicht, daß ihn die vorgeschlagenen Zeugen über seine Arbeits-

13 ▪ Das im Volksmund als „Ochsenkopp" bezeichnete Zucht- und Arbeitshaus am Berliner Alexanderplatz bestand seit 1758. Der finstere viereckige Bau war für tausend Gefangene konzipiert und diente als Obdachlosenasyl und als Strafanstalt für Bettler und Prostituierte.

bemühungen möglichenfalls nicht mehr erkennen. Die Meisten aber verzichten auf das Niederdrückende, sich in Gegenwart von Arbeitgebern wegen „Arbeitsscheu" aburtheilen zu lassen. Und nun etwas über das Betteln. An die Thüren pocht Derjenige flehend, welcher nichts hat und hungert. Ich glaube, daß nur die bitterste Noth und Existenzlosigkeit, wie das Mißliche der Verhältnisse überhaupt, Jemanden das Bettelbrod genießen lassen können. Man bezeichne nicht wegen einer Minorität wirklicher Tagediebe Abertausende als „Vagabunden" und „Arbeitsscheue". Wer erst des Obdachs entbehrt, sinkt zumeist in rasender Schnelle und nur wenige Charakterstarke und vom Glück Begünstigte kommen wieder hoch. Das Finale ist das Arbeits- oder das Zuchthaus. Welch' verdammende Bemerkungen fallen, wenn ein Gerichtsbericht mittheilt, daß Jemand fünfzehn- oder gar zwanzigmal wegen Bettelns vorbestraft ist, obwohl dies gar nichts Außergewöhnliches oder Belastendes ist. Einer Strafe wegen Bettelns oder „Arbeitsscheu" muß naturnothwendig nach der Entlassung, tritt nicht sofort Hilfe ein, wieder eine folgen. Man will leben und schlafen, sei es auch die erbärmlichste Ruhestätte. Also Hand aufs Herz ihr Splitterrichter. Und bleibt es nicht ehrenhaft, daß so ein „Vagabund" trotz aller Noth nicht zum Diebe wird? Aber wer denkt daran.

DAS ARMEN-HOSPITAL

Von dem Armenhospital weiß man in weiteren Kreisen gar nichts. Es ist die Stätte, wo das heimathlose Vagabundenthum und die äußerste Armuth dem Tode entgegenschauen. In drei zweistöckigen Pavillons sind an etwa 450 Männer und 150 Frauen einquartirt. Der ist wegen Stumpfsinnigkeit, ein anderer wegen Lähmung, diese wegen eines Brustleidens, jene wegen Blindheit eingeliefert worden; Niemand unter ihnen ist noch erwerbsfähig. „Sehen Sie," sagte der Pförtner zu mir, als ich in seinem engen Auslug den Oberaufseher erwartete, „jetzt kommen die Männer-Hospitaliten, die wie die Frauen jede Woche einen Ausgehetag haben, wieder aus Berlin zurück. Ich muß nun Nachsehen, ob sie etwas „Trinkbares" mitgebracht haben; das ist nicht gestattet." Ein ziemlich bejahrter Mann stolperte mit dem Hut und einem Bündel in der Hand über die Schwelle. „Hab' genug für heute; immer nobel, immer nobel, aber greifen Sie nur zu, Herr Aufseher, nichts drin." Und wirklich, die aus der linken Rocktasche blinzende Flasche war leer. „Gut, Schmidt, aber ihre Marke!" Ich erfuhr, daß jeder Ausgehende eine solche erhält, die er bei der Wiederkehr abzuliefern hat. Auf diese Weise ist eine sichere Kontrolle über die Rückkehr geschaffen. „Wollen Sie die Güte haben?", sprach jetzt mit verblüffender Gewähltheit des Ausdrucks eine Gestalt, die in demüthiger Haltung der Nachsuchung harrte. Der Pförtner befühlte die Kleider und untersuchte die Tasche», fand aber nichts. In den Zügen des vor uns Stehenden lag eine ungemeine Weichheit. Die hohe Stirn, unter der ein Paar große, aber matte Augen hervorblickten, war von spärlichem, lockigem, theilweis schon ergrautem Haar begrenzt. Der ganzen Persönlichkeit haftete ein träumerischer Zug an, der auf verbummeltes oder gebrochenes Künstlerthum hinwies. Ich fand später meine Vermuthung bestätigt: von der Akademie ins Armen- Hospital! Wer ist nicht in den Hafen desselben gelaufen? Kaufleute, Lehrer, Beamte, Arbeiter, Damen der Gesellschaft und – der Straße! Hier auf dieses schöne, am See gelegene Stückchen Erde sind sie allemitsammt hergeschleudert worden, dieser durch eigene Schuld, jener durch den Druck der Verhältnisse.

Der Pförtner war ein schlichter Mann, aber er besaß Gemüth und Herz. Abertausende hat er im Laufe der Jahre kennen gelernt und eine Anschauung von den Armen gewonnen, die mich zum Theil frappirte. „Es sind viel schlechte Menschen unter den Hospitanten und den anderen Häuslingen und die Aufseher haben manchmal ihre liebe Noth mit ihnen", plauderte er, „aber wenn man freundlich und doch ernst ist, wird man schon fertig. Alle sind in Sturm oder Drangsal zu dem geworden, was sie heute sind. Vielleicht glaubten Sie vorhin bei dem Ersten, er wäre betrunken; nein, er ist gebrechlich und stolpert bei jedem Schritte. Aber trotz seines Körperzustandes freut er sich des Ausgehtages und er humpelt mühsam durch die Straßen Berlins. Er ist auf einige Stunden frei und erbaut sich, wenn er's noch kann, an der Natur und dem: Schaffen der Welt. Das Leben hat diese Menschen hart angefaßt. Von den Frauen ließe sich noch mehr sagen; aber Sie werden von denen bald einige Gesichter sehen und sich so ein eigenes Urtheil bilden können."

Immer mehr Hospitanten kamen, mein Erzähler mußte nun schweigen und Tasche um Tasche revidiren. Fast jeder der Heimkehrenden trug ein Bündel in der Hand, sagte artig „Guten Tag" und trat leisen Schrittes auf.

Nach einigem Verweilen erschien der Oberaufseher und an seiner Seite schritt ich dem vom Pförtnerhäuschen links gelegenen Pavillon der weiblichen Hospitalitinnen zu; vor ihm liegt der der „Gefallenen". Die Schlüssel rasselten und die Thür flog hallend auf und zu. Wir waren im Innern des Armenhospitals. Nichts regte sich, die kahlen Wände, das Echo unserer Schritte und die Größe der Räume zauberten ein eigenthümliches Bild hervor.

Unten im Parterre liegen die Abtheilungen der Kranken, oben die der „Gesunden". Zwei Wesen huschten vorüber, ein schwacher Gruß und sie verschwanden hinter einer Thür. Der erste Stock war erreicht und leise wurde ein Saal der hier Weilenden betreten. Vor uns lagen, standen und saßen etwa 60 Frauen und Mädchen. Ich wähnte mich in der Krankenstation; aber nein, die Personen, die ich hier sah, waren – nur gelähmt oder siech. Bett an Bett reihte sich aneinander, an das je ein kleines Schränkchen und eine Art roher Nipptisch stießen. Am Kopfende las man auf schwarzen Täfelchen die Namen und das Alter der Insassen. Alles blitzte und glänzte, der ölangestrichene Fußboden, die sauber gelegten Wolldecken in den eisernen Bettgestellen wie endlich die hohen Fenster. So erschien das Elend in anmuthiger Umrahmung. Die Frauen, die außerhalb des Bettes waren, nähten, strickten oder hielten niedergeschlagenen Auges, die Hände unthätig im Schooß. Das mittlere Lebensalter hatte die Mehrzahl überschritten. So vielerlei Gesichter, und jedes redete doch eine besondere, wenn auch stumme Sprache. Gallige Verbissenheit bildete die Physiognomie des einen, Gleichgiltigkeit die des anderen. Frische Wangen erblickte ich nicht, sie waren eingefallen, aufgedunsen und von dem Gelbbraun der Straßenarmuth übergossen. Verschiedene der Armen lagen im Bett, aber still und regungslos. Wirres, weißes Haar bedeckte die Köpfe und aus den Augen drangen Blicke, deren theils starrer, theils blöder, theils fieberglänzender Ausdruck bis ins Mark zog. Wie manche der jetzt Hilflosen und Alten mochten einst schön, lieb und gut gewesen und auf Höhen gewandelt sein, von denen sie keinen Absturz in die Tiefe für möglich hielten. Die dort mit dem schmalen, feinen Gesicht, der dann und wann ein stiller Seufzer nach Erlösung entfloh, mochte einst der Augapfel braver Arbeitereltern gewesen sein; aber die Verführung nahte und es war um sie geschehen. Lange,

lange Jahre liegen hinter jeder Einzelnen; sie mögen träumen und der Vergangenheit gedenken.

Das Lugen in die Vergangenheit und die Aussicht eines nahen Todes ist den „Töchtern der ersten Sünde“ als letzter Trost geblieben. Frühlingsblumen, wer weiß durch wen hierher verweht, breiteten sich auf einigen Betten aus und brachten in dieses große lebendige Grab einen Zug des Erbarmens und der Hoffnung.

„ZWANGSERZIEHUNG“

Zahlen wirken oft eindringlicher, als die längsten Betrachtungen, ist doch die Statistik heut zu einer Wissenschaft geworden, mit der alle maßgebenden Faktoren im Staat zu rechnen haben. Ich will einige anscheinend trockene Mittheilungen des letzten statistischen Jahrbuchs der Stadt Berlin wiedergeben, die bei näherer Betrachtung Blut und Leben gewinnen: „In dem Bericht der städtischen Waisen-Verwaltung ist als Grund der Aufnahme für 1884/85 angegeben bei 541 Kindern heimliche Entfernung der Eltern, bei 335 Krankheit der Eltern, bei 342 Tod der Eltern, bei 129 Verhaftung der Eltern, bei 97 Armuth der Eltern, bei 76 Obdachlosigkeit der Eltern, bei 116 weil die Mutter im Dienst, bei 50, weil die Eltern außerhalb Berlins waren, bei 20, weil sie Findlinge, bei 21, weil sie den Eltern entlaufen waren.“

„Die Liebe höret nimmer auf“; es ist eine der schönen Sentenzen, die nur auf eine Minderheit von Sterblichen Anwendung findet. Der Erwachsene kann der Liebe entbehren, das Kind verkümmert ohne ihren belebenden Hauch. Der verdorbenste Knabe, zu dem nie ein freundliches Wort gesprochen, empfindet ihm entgegengebrachte Zuneigung. Ich verurtheile kein Kind, das jeder festen Stütze entbehrend, Frevel über Frevel begeht, handelt es doch unbewußt. Mit solchen Augen sah ich mich die Insassen der in das Rummelsburger Arbeitshaus einrangirten „städtischen Erziehungsanstalt für verwahrloste Knaben“ an. Sie besteht erst seit dem 1. October 1886 und ist deshalb erklärlicher Weise noch mit manchen Mängeln behaftet. Da ich in einem anderen Artikel das für die deutschen Erziehungsanstalten für verwahrloste Kinder vorbildlich gewordene Privat-Institut „Am Urban[14]“ schildere, will ich auf ein Bild der städtischen Anstalt verzichten. Daß auch sie besondere Typen hat, liegt in der Natur der Sache; die Mehrzahl der Knaben ist auf Grund von Verurtheilungen nach dem Zwangserziehungsgesetz vom 13. März 1878 dem Rummelsburger Hause zur „Besserung“ überwiesen worden. Der hat gestohlen, der unterschlagen, der vagabundirt und so fort. „Sag, mein Junge“, sprach ich einen an, „warum bist Du nicht bei Deiner Mutter?“ Ich bekam keine Antwort; nur ein kurzer, halb spöttischer, halb wehmüthiger Blick traf mich. „Der hat ja keene nich gehabt“, rief's hinter mir. Ein Findling! „Aber Du hast einen Vater, der Dich lieb hat, nicht wahr?“, frug ich einen Knirps. „O, ja, Vätern ist aber weg!“ –

MÄNNLICHE KORRIGENDEN

Die Rückseite des „Arbeitshauses“ grenzt an den Rummelsburger See, dessen jenseitige Ufer das anmuthigste Wald- und Gartenland schmückt. Treptow und Stralau dehnen sich längs des Wassers hin; an schönen Tagen wimmelt der See von Booten und ist erst der „Fischzug“ gekommen, dann dringt das Echo ungezügelter Freudenausbrüche bis zu den Sträflingen des „Arbeitshauses“ und der Thurm des alten Stralauer Kirchleins winkt dazu wie ein Gruß aus einer Welt, der man auf lange Zeit, vielleicht für immer entrückt ist.

14 ▪ Gemeint ist das zwischen 1863–1865 von dem Architekten Gustav Möller im heutigen Bezirk Kreuzberg neu errichtete „Erziehungshaus für sittlich verwahrloste Knaben und Mädchen“, das bei Bombenangriffen während des 2. Weltkriegs zerstört worden ist.

Aber nun zu den männlichen Korrigenden. Als ich den durch eine hohe Mauer geschützten Hof des „Arbeitshauses“ betrat, schlug die Vesperstunde. Hunderte von Alten und Jungen, sämmtlich in Kommiskleidung, kurzer Jacke, einer Mütze ohne Schirm und mit Lederpantoffeln angethan, wandelten mit einem Stück Brot lautlos auf und ab oder hatten sich auf den umherliegenden Baumstämmen und Holzhaufen niedergelassen. Inmitten der Korrigenden hatten die Aufseher beobachtend Posto gefaßt. Es geht ein militärischer Zug durch das Arbeitshaus. Wo wir, der Oberaufseher und ich, vorüberschritten, erhob man sich mit einem Ruck und stellte sich in Positur. Die Julisonne warf ihre Strahlen herab und ließ alles in goldiger Helle blinken, kein Windhauch zog dahin, Alles ruhte, und nur eine Lerche flog jubilirend in den Aether.

„An die Arbeit!“ rief plötzlich eine scharfe Kommandostimme — die fünfzehn Minuten der Vesperpause waren verflossen. Die Korrigenden gingen in die Häuser. Eine Anzahl blieb zurück und zerkleinerte das umherliegende Holz. Während die Einen die Scheite aufstellten oder forttrugen, hackten und sägten Andere. Der Schweiß rann von den Gesichtern und in Perioden suchte man sich mit den Hemdärmeln Kühlung zu verschaffen. „Es wird hier tüchtig gearbeitet“, äußerte ich. „Jawohl, bedenken Sie, was es heißt, jährlich 4 - 5.000 Meter Holz für sämmtliche städtischen Institute zu liefern“, erwiderte mir der Oberaufseher. „In der That, sehr viel!“ „Ja, der Magistrat ist anständig. Er läßt blos für sich arbeiten; Spekulanten finden hier keine Arbeitskräfte“. Der Beamte, dem die Korrigenden mit augenscheinlicher Zuneigung begegneten, war recht gesprächig. „Wir haben jetzt 1.495 Korrigenden, allen Ständen und Berufen angehörig; 505 weilen auf den Rieselfeldern[15] von Heinersdorf und „Neu-Beeren“, plauderte er weiter.

15 ▪ Die zur Reinigung der Abwässer Berlins seit 1876 angelegten Rieselfelder wurden häufig von Sträflingen zwangsbewirtschaftet.

„Aber glauben Sie“, fragte ich, „daß man eine „Besserung erzielt?“ „Das ist schwer zu beantworten“, entgegnete er lächelnd; „es sind Männer hier, die schon mehr als zwanzigmal „Ueberweisung“, d. h. Arbeitshaus hatten. Aber die Mehrzahl ist noch nicht soweit gesunken, daß sie nicht gerettet werden könnte. Wenn die Leute nur gleich einen Verdienst erhielten, wenn sie entlassen werden; sonst müssen sie ja wieder das alte Leben von Neuem beginnen“. Der letzte Satz barg eine tiefe Wahrheit in sich. Welche Summe von der Gesellschaft verlorener Intelligenz, Schuld und Unschuld, Unglück und Noth ist in der Zahl von 21.077 Bettlern enthalten, die 1884 im Polizeibezirk Berlin aufgegriffen wurden! Jedes Jahr hat seine neuen Opfer und vergrößert die Zahl der „Vagabunden“, die heimath- und existenzlos, mit sich und der Welt zerfallen, Berlin und die Gauen Deutschlands durchirren.

Von imposanter Größe ist das Maschinenhaus, das drei Kessel enthält, von denen zwei fortwährend unterhalten werden. Von hier aus wird das ganze „Arbeitshaus“ mit Dampfkraft gespeist. Rußige, nervige Gestalten schaufeln Kohlen, putzen die Hähne und reinigen den Fußboden. „Der Maschinist wenigstens ist ein „freier“ Mann, er trägt doch eine ungeheure Verantwortung?“, forschte ich. „Nein, er ist auch Korrigende“, bekam ich zur Antwort, „wir haben ihn „angelernt“. Im Uebrigen bekommt er, wie alle „schweren“ Arbeiter pro Tag 10 Pf., die ihm zurückgelegt und bei der Entlassung ausgehändigt werden. Ich konnte mein Erstaunen nicht unterdrücken; in der Hand eines Korrigenden liegt das Leben von Hunderten von Menschen! Aber die Direction des „Arbeitshauses“ kennt wohl ihre Leute. Gewiß ist es psychologisch interessant, die Harmlosigkeit und Folgsamkeit der „Vagabunden“ zu studiren. Einer Gewaltthat sind sie nur in der äußersten Verzweiflung oder

bei Sinnesverwirrung fähig. Es fehlt ihnen eben der verbrecherische Zug. Auch hat sie das jahrelange, zersetzende Darben und das Herumwandern von Ort zu Ort jeder energischen Kraft- und Willensäußerung beraubt. Sie sind stumpfsinnig geworden.
Auch die Küche, in welcher täglich 1.700 Liter Essen von den Korrigenden-Köchen zubereitet werden, war in tadellosem Zustande. Koch- und Spülapparate, Alles wird durch Maschinen in Bewegung gesetzt. Auch über den Speisezettel des „Arbeitshauses" sei etwas mitgetheilt. Morgens giebt es einen Napf Hafergrütz- oder Mehlsuppe, während das Mittagbrot tagtäglich wechselt. So wird Montag vorgesetzt: Fleisch mit Bohnen, Dienstag: Linsen, Donnerstag: Erbsen, Sonnabend: Sauerkohl u. s. w.
In den Werkstätten der Oekonomiehandwerker herrschte eine rege Thätigkeit. Weder die Schneider, die auf langen Tischen kauerten, noch die Schuster, welche in fürchterlicher Enge zusammensaßen, wurden durch unseren Eintritt aus dem Koncept gebracht. Wir begegneten Korrigenden, die ein ganzes Menschenalter mit geringen Unterbrechungen im „Arbeitshause" dahingebracht haben. Das waren die völlig Entnervten, die aber hier die besten Arbeiter sind. Was schließlich die Dauer der Correctionshaft anlangt, so geht diese von drei Monaten bis zu zwei Jahren. Wer die höchste Strafe verbüßt hat und nach vorangegangenen Haftstrafen wieder die „Ueberweisung" erhält, beginnt aufs Neue mit drei Monaten. Und in dieser Gleichförmigkeit rollen sich Hunderte von Leben ab, ein Jahr nach dem anderen rauscht dahin, der alte „Vagabund" wird immer schwächer und bricht endlich zusammen. Es kommt eine schwarze „Nasenquetsche[16]", in der ihm die letzte Lagerstätte bereitet wird, einige Mann packen an und der Trupp zieht mit dem todten Genossen hinüber nach der

16 ■ In Pierer's Universal-Lexikon, Band 11. Altenburg 1860, S. 687. steht dazu: „Nasenquetscher, 1) ein sehr flacher Sarg ohne alle Verzierung u. Anstrich, sonst gewöhnlich für Selbstmörder."

auf dem Hofe der Erziehungsanstalt für verwahrloste Knaben erbauten Leichenhalle. Dann schauen wohl die jungen Proletariersprossen vom Spiel oder der Arbeit auf und Karl sagt leise zu Fritz: „Mich sollen sie nicht hier behalten". „Det glob ich schon, Sonneberg vielleicht", giebt Fritz zurück.

In den oberen Stockwerken der Pavillons suchten wir die Lagerstätten der Korrigenden auf. An hundert Betten stehen in jedem Schlafsaal; die Räume sind insgesammt hoch und luftig und mit Milchglasfenstern versehen. Um fünf Uhr früh wird aufgestanden, um neun Uhr Abends zur Ruhe gegangen; am Morgen wie am Abend spricht der Saal-Aufseher ein Gebet, während dessen die Korrigenden am Fußende ihres Bettes Aufstellung zu nehmen und die Hände zu falten haben.

Wir stiegen in die Keller hinab, welche die Speise- und Brotkammern bergen.

Mehrere junge Burschen und bejahrte Männer begrüßten uns mit Offenheit. Man schnitt Stullen und ordnete dann diese in den aufgestellten Regalen. „Was sind Sie wohl?", fragte ich einen der Thätigen. – „Schlosser!" – „Und haben noch Eltern und eine Heimath, nicht wahr?" – Keine!" – Nicht fern von Jenem stand ein etwa 25jähriger Kaufmann mit trübem Auge und hohlwangigem Gesicht; in einer Ecke hantirte ein Mann mit schneeweißem Haar, der nach Anweisung eines Aufsehers in ein Buch eintrug.

Wo ich auch hinkam, welchen Raum dieses Theiles des „Arbeitshauses" ich auch durchschritt, nichts forderte, wenn man nun einmal die Nothwendigkeit eines „Arbeitshauses" zugeben will, eine besondere Kritik heraus. Die Menschen entbehrten und hungerten nicht, die Aufseher waren jedenfalls nicht gar zu streng und doch, mir wurde es leichter um's Herz, als ich wieder ins Freie trat.

GEFANGENE DEMIMONDE

Zur Erde gestreute Blüthen,
Verwehte Blätter im Wind,
Sie kann der Stamm nicht behüten,
Dem sie entsprossen sind. –
Ein Leben, wenn es verloren,
Hält Vater und Mutter nicht mehr,
Zum Spiel der Dämonen erkoren,
So wirbelt und treibt es umher!
–
Zur Erde gestreute Blüthen,
Verwehte Blätter im Wind,
Sie kann der Stamm nicht behüten.
Dem sie entsprossen sind.

(Hartwig Köhler[17])

Als ich das „Arbeitshaus“ besuchte, barg der Pavillon der weiblichen Korrigenden etwa 125 Frauen und Mädchen. Es waren größtentheils Prostituirte, welche wiederholt gegen die sittenpolizeilichen Vorschriften gefehlt und die erste Station, das Frauengefängniß in der Barnimstraße bereits mehrere Male kennen gelernt haben. Auch bei ihnen fängt die Dauer der Correktionshaft mit drei Monaten an und steigt dann auf sechs, neun, zwölf, fünfzehn, achtzehn und endlich auf vierundzwanzig Monate.

Die Prostitution ist uralt, nur ihre Formen und die Ansichten über sie wechselten im Laufe der Jahrtausende. Eben so lange währen auch einerseits die Bemühungen, sie aus dem Leben der Völker auszulöschen und andererseits die Bestrebungen sie den Sitten anzupassen. Was nun die heutige Prostitution und die Vorschläge

17 ■ Hartwig Köhler, Pseudonym des 1852 in Potsdam geborenen und 1895 in Berlin verstorbenen Lyrikers Hugo Kegel.

zu ihrer Beseitigung betrifft, so sage ich: man kommt mit Palliativmittelchen und läßt ganz außer Betracht, daß diese Erscheinung nur in Verbindung mit der sozialen Frage der Lösung näher zu bringen ist. Das ist klar, daß, je mehr die moderne Technik des Maschinenwesens Hände von Arbeiterschaaren überflüssig macht und sich das materielle Elend immer weiter Bahn bricht, auch die Prostitution in rapider Weise wachsen muß. Die Möglichkeit eines legitimen Ehelebens wird immer fraglicher. Man bedenke: 1875 kamen in Berlin auf damalige Bevölkerung von 948.534 Personen 14.529 Eheschließungen; 1884 zählte die Reichshauptstadt 1.252470 Einwohner – und 13.314 Eheschließungen. An allen anderen Orten Deutschlands ist das Zahlenverhältniß womöglich ein noch ungünstigeres. Auch ist es zweifellos, daß Hunderttausende von Mädchen in Folge verfehlter, im Elend verbrachter Kindheit und miserablen Lohnes dem „Laster" überliefert werden.

Wer die großen Industriebezirke, vor allem die Sachsens kennt, wird mir beipflichten. Um ein elendes „Sündengeld" müssen sich Legionen dieser Märtyrerinnen der Arbeit der Schande ergeben. Brod! Brod! und nochmals: Brod! ist die Parole mit der in den verzweiflungsvollen Kampf ums Dasein gezogen wird und der alle herkömmlichen Begriffe von „Ehre" und Anstand aufhebt. Und ist es in Berlin anders? – Ich würde mit Recht nicht dem Vorwurfe der Einseitigkeit entgehen, wollte ich es nicht aussprechen, daß auch Sprößlinge der „besseren" Stände, daß Leichtsinn, Genußsucht und Verführung manches Mädchen, sowohl des Mittel- als des Arbeiterstandes, der Prostitution überliefern. –

Welchen Schrecken die Mädchen vor der Einsperrung ins „Arbeitshaus" haben, davon kann sich der Fernstehende wohl kaum die richtige Vorstellung machen. Sie begehen Ausflüchte, nicht wenige auch ziehen den Tod oder ein wirkliches Gefängniß dem für sie fürchterlichen „Ochsenkopp“ vor. Noch andere wähnen durch Verheirathung mit Zuhältern das Gespenst des „Arbeitshauses“ bannen zu können. Was die Ursachen dieser unglaublichen Furcht und Angst sind, konnte ich nicht feststellen und Vermuthungen äußern möchte ich keineswegs. Wie es übrigens in der Reichshauptstadt mit der Straßen-Prostitution ist, darüber giebt das Statistische Jahrbuch einige Auskunft:

„Es standen unter sittenpolizeilicher Controle im Jahresanfang 1884 3.769, im Laufe des Jahres kamen hinzu 1.360, gingen ab: wegen Eintritt in ein Arbeits- und Dienstverhältniß 607, Verheirathung 64, Fortzuges von Berlin 338, Schwangerschaft und Krankheit 21, Verbüßung längerer Freiheitsstrafe 316, verstorben sind 58, es blieben am Ende des Jahres 3.724, gegen das Vorjahr weniger 1,2 Procent. Sistirt wurden 11.157, davon wegen verbotwidrigen Aufenthalts 72, Nichtgestellung zur Untersuchung 380, liederlichen Umhertreibens 9.635, Aufenthalts bei Kupplern 758, Verdachts der Syphilis 312; dem Polizeianwalt wurden zur Erhebung der Anklage zugeführt 8.035.“

Das sind die offiziellen Zahlen; nach privatlichen Feststellungen giebt es in Berlin etwa 30.000 Gefallene. Dieses Heer bildet den großen Ring der Prostitution, deren Gift nach oben und unten frißt und rettungslos ganze Generationen vernichtet.

Im „Arbeitshause“ zu Rummelsburg wird dem Gesetz Genüge gethan und ist es auch nur ein verschwindender Bruchtheil von den Tausenden draußen, welcher durch Strafe auf den Weg der „Besserung“ geführt wird, – abschreckend soll jener drohende Aufenthalt auf die große Masse doch wirken und sie in bestimmten Grenzen halten.

Der Pavillon der weiblichen Korrigenden ist gegen jede Berührung mit der Außen- und der Welt des „Arbeitshauses“ geschützt. Fest verschlossene Thüren, hohe Mauern, Milchglasfenster, energische Aufseherinnen, Frauen im mittleren Alter, und eine in nächster Nähe befindliche Militairwache bilden einen Wall, den kein Unberufener niederzulegen vermag. Eine seltsame äußere Verwandlung geht mit den Insassen dieses Hauses bei ihrer Einlieferung vor. Der moderne, theilweise sogar hochfeine Anzug wird abgelegt und die Sünderin, welche fragenden Auges „aufgeputzt und aufgedonnert“ durch die Straßen Berlins wandelte, hat hier Asche auf ihr Haupt gestreut und die nüchternste Kleidung angelegt.

Arbeit und Arbeit! Ja, man muß sehr fleißig sein und Diejenigen, welche das Arbeitshaus kennen, wissen davon zu erzählen.

Heiße Dämpfe strömten aus dem abseits vom Pavillon stehenden Waschhause. Es war eine rege, aber doch stille Geschäftigkeit. Dirigirend gingen ein paar weibliche Aufseher zwischen den Spülfässern und den Waschmaschinen einher und gaben diesem und jenem Mädchen Anweisungen. In der That, es waren Mädchen, ich möchte fast sagen Kinder, die zumeist nur mit einem leichten Leinenrock und dem „Militair“-Hemd bekleidet, barfuß oder in Lederpantoffeln den Dienst an den Dampfmaschinen und den Reinigungsgelassen versahen. Die Fenster standen auf, aber eine druckende Hitze erfüllte den hohen Raum. Kein Wort kam von den Lippen der Mädchen, nur die Busen wogten stürmisch auf und nieder und manches Auge redete eine leidenschaftliche Sprache.

Einige Stufen führten hinauf zu den Roll- und Wäschekammern. Hier wo es weniger heiß war, trug man auch ein anderes Kleid: blaue Leinewand- und Drillich-Röcke, wie Jäckchen. Wieder dieselbe mechanische, stille Thätigkeit, das Gehorchen nach jedem Wink und jeden rosigen Hauches entbehrende Gesichter. Die getrocknete Wäsche, die aus Hemden, Strümpfen, Tüchern u.a.m. bestand und nicht nur aus der des „Arbeitshauses“ sondern auch aus der der „Städtischen Waisenanstalt“ wurde an langen Tischen gelegt und geplättet. Von unten herauf gekommene Stücke wurden von zwei Korrigendinnen mit Beschlag belegt und nach der Rolle getragen.

Unter der Anleitung der Aufseherinnen lernen Andere nähen und flicken, ein Thun, welches dieser und jener anfangs ebenso ungewohnt ist, als die schwere Arbeit: das Waschen. Aber da sehr viele frühere Näherinnen zur Hand sind, so ist nie Mangel an Kräften, denen auch bessere Sachen übertragen werden können. Wir gingen die Nähstuben, in deren größter zehn Maschinen rasselten, langsam durch. Ueber Reparaturen und neue Stücke gebeugt, saß alles eng aneinander. Da und dort zeigte sich ein schöner oder charakteristischer Kopf. Ich wandte den Blick nach dem Fenster, als sich von dort ein Mädchen erhob, das höchstens achtzehn Jahr alt war. Wo mochte mir dies blutjunge hübsche Ding, dessen Züge mir bekannt vorkamen, wohl schon begegnet sein? Ich sann nicht vergeblich nach. Zwei Jahre konnten's sein, daß ich an einem linden Spätsommerabende den Garten des Belle-Alliance-Theaters besuchte. Neben der Dame der „Gesellschaft“ ging am Arme ihres Galans die Vertreterin der höheren Demimonde, Offiziere in Civil und in Uniform, Lebemänner und Angehörige des soliden Bürgerstandes, wandelten, den Klängen der Musik nur halb zuhörend, plaudernd oder beobachtend, die Gänge entlang. Tausende von bunten Flämmchen zuckten zum Himmel auf und brachten jenes magische Halbdunkel hervor, das so recht geeignet ist, Stimmungen zu wecken. Hier hatte ich das Mädchen, das jetzt Insassin des „Arbeitshauses" war, zum ersten Male gesehen. Am Arme einer Kupplerin, zog es als ein Kind, dem die Unschuld noch unleugbar auf dem Gesicht stand, an mir vorüber. Und es fand sich ein Käufer für den jugendfrischen Leib!... Die Arme war rasch gesunken. Die Gesichter der Aelteren verschwiegen nichts, weder Sinnenlust noch Gemeinheit. Aber auch sie, die völlig Verkommenen, träumten einst den Traum der Jugend, der ihnen Liebe, Glück und Wohlergehen vorgaukelte!

DAS ELEND IM GROSSEN

KAPITEL VIII

Die Armuth und das Laster, ebenso die Bestrebungen, beide zu mildern, zeigen sich in Berlin anders, als an Orten, wo das Elend weniger zusammenhaust und das Gleißnerische[18] nicht so zur Erscheinung gelangen kann. Die Noth geht in Berlin im wahrsten Sinne des Wortes in die Weite, ist doch Raum genug da. Ich gedenke noch der bitteren Worte des Stadtraths Mamroth[19], als er mir die Baugeschichte des neuen städtischen Asyls für Obdachlose in der Prenzlauer Allee erzählte: „Niemand wollte in seiner Nähe den Asylbau gestatten; endlich fand sich doch an der Peripherie ein Platz“. Vor einigen Jahren sagte ein Gymnasiallehrer, welcher das Privat-Asyl zur Aufhebung bringen wollte: „Der Anblick zusammengehäuften Elends gewährt unserem ästhetischen Sinne keine Befriedigung“. Eine solche Bemerkung war zwar weder geistreich, noch mitleidsvoll, aber sie war nicht Wenigen aus der Seele gesprochen.

Und es geschieht doch so viel, wenigstens das krasseste Elend von der Straße wegzunehmen, Behörden und Private eifern miteinander. 1886 wurden über 20.000 Bettler und Obdachlose bezw. „Arbeitsscheue“ verhaftet. Unmöglich, höre ich; aber ich will erzählen wie diese Arretirungen geschahen: sie wurden von Geheimpolizisten vorgenommen. Uniformirte Beamte würden nicht ein Zehntel der erwähnten Zahl von Verhaftungen bewirkt haben. Der verzweiflungsvolle Kampf ums Dasein schärft eben alle Sinne der Armen; aber das zerlumpte Aeußere und ein nicht ganz abzulegendes scheues Gebahren verräth sie doch. Nun ziehe man diejenigen in Betracht, welche sich dem Auge der Polizei zu entziehen wissen: das große Heer der Bittschreiber, die Hochstapler, die noblen, wenn auch verkommenen Schnorrer und die Pennenbewohner, und es wird nicht zu niedrig gegriffen sein, wenn für

18 ■ Gleißnerisch, adj. et adv. im gemeinen Leben Oberdeutschlandes, in der Gleißnerey gegründet, heuchleisch. Gleißnerische Worte, Geberden. (Grammatisch-Kritisches Wörterbuch der Hochdeutschen Mundart)
19 ■ Seit 1881 unbesoldeter Stadtrat des Berliner Magistrats.

Berlin 100.000 Bettler und Wohnungslose angenommen werden. Den Unwürdigen vom Würdigen zu unterscheiden, ist nur in seltenen Fällen möglich. Aber wie es auch sei, schließlich war ein Jeder einmal brav und arbeitsfroh, doch eine verfehlte Jugend, Schicksalsschläge, lange Leiden und – halbe Hilfe, haben ihn entnervt und schwach gemacht. Geht der Bettel, in welcher Form er auch auftreten mag, allenfalls einige Jahre, den Schluß bildet doch ein jämmerliches Verkommen! Das ist „Sühne" genug!

Bilder aus dem eigentlichen Volksleben kann man recht im Norden Berlins erschaun: auf Straßen und Plätzen. Sehr charakteristisch ist das Bild des von der Swinemünderstraße durchschnittenen Arconaplatzes. Seine Ruhesitze, niedrige Bänke, sind von früh bis spät besetzt und doch ist rings umher kein Baum, kein Strauch zu sehen. Dort tauschen beschäftigungslose Männer ihre Hoffnungen und Pläne aus, hier säugen dürftige abgehärmte Arbeiterfrauen an den schwachen Brüsten ihre Kleinen, Krüppel wanken hin und her und die Jugend tollt auf dem Erdboden, sich ihres Daseins – freuend. Welche Straße man hier auch betritt, Arbeiter-Kaserne an Arbeiter-Kaserne, dieselbe schmucklose, nüchterne Fassade und Oede im Innern. All die Häuser, mit dem, was sie bergen und verhüllen, sind wie zu Stein gewordenes Elend. Ich habe im Laufe der letzten Jahre manche Mansarde der Vorstädte betreten und mehr als einer Märtyrerin der Arbeit entsinne ich mich, die von früh vier bis Abends zehn Uhr die Nadel führte und dafür kaum eine Mark einheimste. Sie siechte langsam hin oder „fiel" – war sie schön oder lebensfroh.

Vor einem Menschenalter sang Thomas Hood[20] sein unsterbliches „Lied vom Hemde". Man nennt's, weist da und dort darauf hin, aber nur Wenige haben es gelesen.

20 ▪ Thomas Hood (1799–1845) war ein englischer Schriftsteller und Humorist. 1843 erschien seine Romanze „The song of the shirt", in der er das soziale Elend Englands beschrieb.

Mit Fingern, müde und schwer,
Mit schwindelndem, brennendem Hirn
Saß einsam ein Weib im zerrissenen Gewand
Und schaffte mit Nadel und Zwirn,
Stich! Stich! Stich!
Im Elend verlassen und fremd,
Mit schmerzlicher Stimme, und zitternd und bleich
Sang sie das Lied von dem Hemd.

Näh'n, näh'n, näh'n,
Wenn morgens die Hähne kräh'n,
Näh'n, näh'n und näh'n,
Wenn die Sterne am Himmel steh'n.
Was mag das Elend sein,
Das des Sklaven Mark zerfrißt,
Wenn die Mühsal hier, die mich verzehrt,
Eine Christenarbeit ist!

Näh'n, näh'n, näh'n,
Bis der Kopf im Fieber glüht,
Näh'n näh'n und näh'n,
Bis das Auge nicht mehr sieht Saum und Zwickel und Band,
Band und Zwickel und Saum;
Bis über dem Nähen der Schlaf mich zwingt,
Dann näh' ich weiter im Traum.

O! Männer mit Schwestern und Frau'n,
Mit Müttern, so freundlich und gut!
O, glaubt mir's! Ihr tragt nicht die Leinwand auf,

Nein, menschliches Leben und Blut!
Stich, Stich, Stich,
Im Elend verlassen und fremd!
Ich nähe mit doppeltem Faden zugleich
Ein Bahrtuch und ein Hemd!

Was sprech ich vom finsteren Tod
Mit den Blicken so öde und leer?
Ich fürchte sein schreckliches Antlitz nicht,
Es gleicht ja dem meinen so sehr!
Es gleicht ja dem meinen so sehr,
Durch des Hungers verzehrende Wuth!
Ach, Gott! daß Brot so viel theurer ist,
Als Lebens Mark und Blut!

Näh'n, näh'n, näh'n,
Beim Morgen- und Abendroth!
Und was ist der Lohn? Ein Bett von Stroh,
Eine trockene Rinde Brod:
Ein morscher Tisch, ein zerbrochener Stuhl,
Und die kalte steinerne Flur,
Und dort an der Wand, wo die Lampe brennt,
Als Schmuck mein Schatten nur!

Näh'n, näh'n, näh'n,
Von Stunde zu Stunde hin,
Näh'n, näh'n und näh'n,
Wie eine Verbrecherin.
Band und Zwickel und Saum,

Saum und Zwickel und Band!
Bis das Herz schier bricht und der Geist mir erlahmt,
Und die müde zitternde Hand.

Näh'n, näh'n, näh'n,
In dunkler Dezembernacht;
Näh'n näh'n und näh'n,
Wenn sonnig der Frühling lacht;
Wenn um den Giebel im Hof
Die lustige Schwalbe schwebt,
Als wollte sie recht zu meiner Qual
Mir zeigen, wie frei sie lebt.

Ach, könnt' ich ein einziges Mal
Im blühenden Thale geh'n,
Und des Himmels herrliches Blau
Und die duftigen Blumen seh'n !
Ein Viertelstündchen nur So fühlen, wie ich gefühlt,
Eh' ich des Mangels Jammer gekannt,
Der Mark und Bein durchwühlt!

Ein Viertelstündchen nur.
Von irdischer Pein befreit!
Ach! Liebe und Hoffnung vergaß ich längst,
Mir bleibt nur Zeit zum Leid.
O! dürft' ich weinen, dann würde mir wohl,
Doch ich brauche die Augen zum Seh'n,
Und jede Thräne, die mir entquillt,
Verhindert mich am Näh'n!...

Mit Fingern, müde und schwer,
Mit schwindelndem, brennendem Hirn,
Saß einsam ein Weib im zerrissenen Gewand Und schaffte mit Nadel und Zwirn.
Stich! Stich! Stich!
Und elend, verlassen und fremd!
Mit schmerzlicher Stimme, und zitternd und bleich –
Ihr Reichen, o dränge ihr Lied zu Euch!!! –
Sang sie das Lied von dem Hemd! –

* * *

Nach Stieda (Schmollers Jahrbuch für Gesetzgebung, Verwaltung und Volkswirtschaft, IX Jahrgang 1. Heft) beziffert sich die weibliche Gesammtbevölkerung Berlins auf 600.309 Köpfe. Von diesen sind erwerbsthätig 167.774 und zwar entfallen u. a. auf die Industrie 79.047, auf Handel und Verkehr, einschließlich Gast- und Schenkwirthschaft 15.526 und auf häusliche Dienstleistung 64.726 Köpfe. Erwägt man noch, daß die Reichshauptstadt allein etwa 12.000 Mäntelnäherinnen zählt, deren Lohn- und Lebensverhältnisse zum größten Theile die traurigsten sind, so wird es wohl verständlich sein, sage ich: die sociale Frage umschließt auch jene 167.774 weiblichen Arbeiter und Thomas Hoods „Lied vom Hemde“ ist auch für Berlin von furchtbarer Wahrheit.

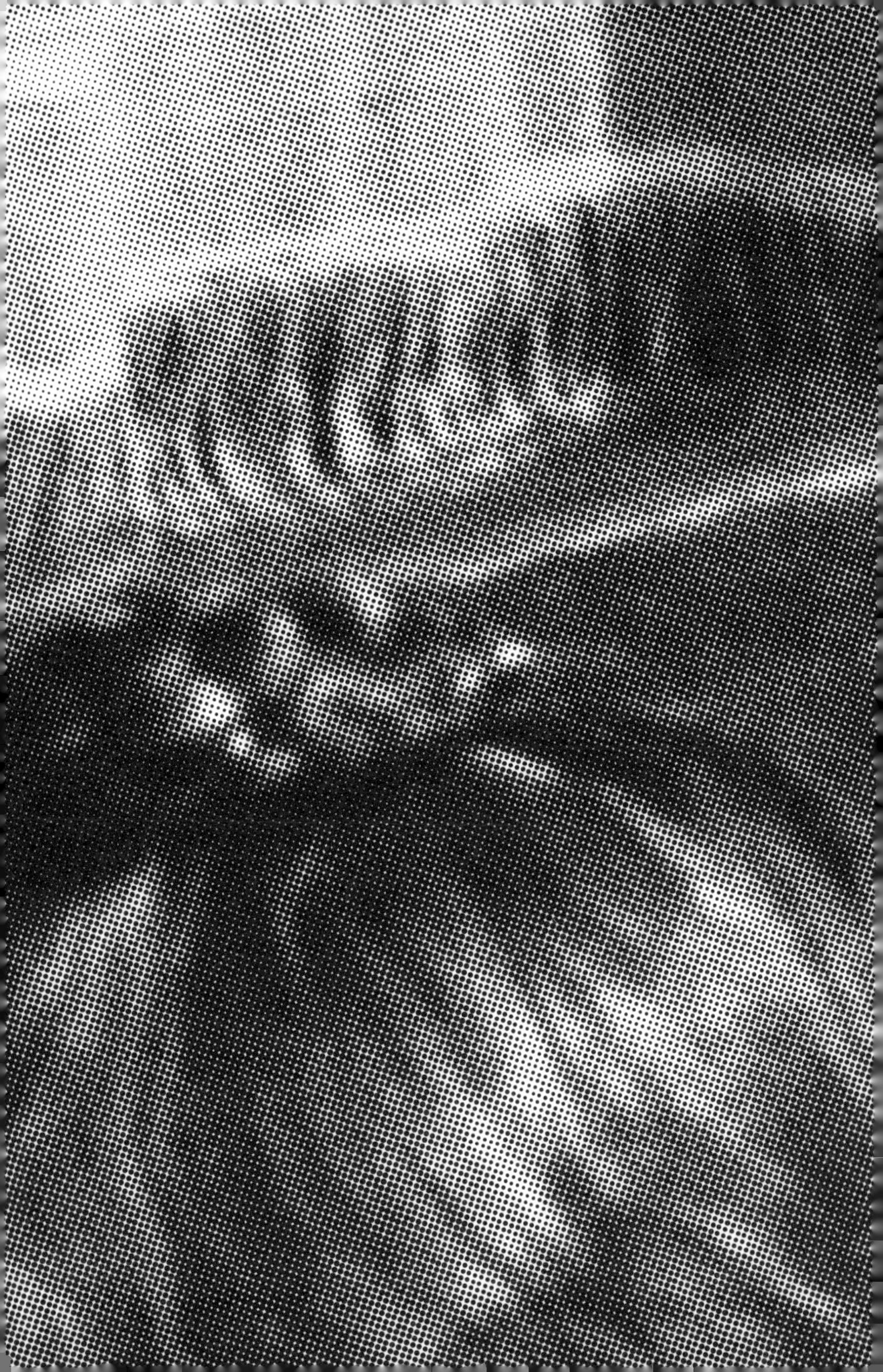

VER-
WAHRLOSTE
KINDER

KAPITEL
IX

UNTER
DEN ARMEN
UND
ELENDEN
Berlins

ZWANGSERZ.-GES. V. 13.MÄRZ 1878

§ 1: „Wer nach Vollendung des sechsten und vor Vollendung des zwölften Lebensjahres eine strafbare Handlung begeht, kann von Obrigkeitswegen in eine geeignete Familie oder in eine Erziehung- oder Besserungs-Anstalt untergebracht werden, wenn die Unterbringung mit Rücksicht auf die Persönlichkeit der Eltern oder sonstigen Erzieher des Kindes und auf dessen übrige Lebensverhältnisse zur Verhütung weiterer sittlicher Verwahrlosung erforderlich ist".

„**A**uf der Jugend beruht die Hoffnung des Vaterlandes!" Ein recht schöner Spruch, und wer möchte sich nicht seiner erinnern, der an das Heer der verkommenen Kinder denkt? Man muß in die welken, alles sagenden Gesichtchen derselben schauen, in die überfüllten Wohnräume der Armuth und des Lasters einen Einblick thun, die verschiedenen Stadien des Elends verfolgen, und man wird dann verstehen, woraus sich die Verkommenheit und das Verbrechen entwickeln!

Wer jene Produkte der Verhältnisse in ihrer Trostlosigkeit sehen will, gehe in das, Rettungs- bezw. Erziehungshaus für sittlich verwahrloste Knaben und Mädchen", „Am Urban". Ich habe bereits darauf hingewiesen, daß es die größte und beste Anstalt ihrer Art in ganz Deutschland und darüber hinaus ist und daß dies im Oktober 1886 begründete städtische Institut vollständig nach ihren Grundsätzen eingerichtet worden ist. Gleich einem Adelsstift liegt das stattliche Haus jener von einem Privatverein unterhaltenen im Jahre 1824 gestifteten Anstalt „Am Urban", von Gärten, Hecken und Feldern umgeben, da. Ich fand nicht, wie in Rummelsburg, hohe Umfassungsmauern, verschlossene Thüren und Wachtposten.

„Wir sehen es nicht gern, wenn die Presse bei uns eingreift“, sagte mir seiner Zeit der Inspektor der städtischen Anstalt, und ich sah und erfuhr deshalb wohl auch nicht das, was ich bei mehr Unbefangenheit erhoffen durfte. Eine ähnliche Begrüßung erwartete ich auch „Am Urban“, aber das Gegentheil trat ein. „Wenn Sie meine Begleitung annehmen wollen“, meinte der untersetzte, schlichte Inspektor des „Rettungshauses“, Ramme, „dann sollen Sie alles sehen und erfahren, was Sie verlangen.“ Ich dankte für das Entgegenkommen und verbrachte fast an fünf Stunden an der Seite dieses Herrn. – Augenblicklich zählt das Haus 120 Knaben und 60 Mädchen, deren Alter vom 6. bis zum 17. Jahre geht. Wir sprachen über die Zwecke und Erfolge der Erziehung der „Verwahrlosten“, und ich hielt nicht mit Zweifeln zurück. „Unsere Aufgabe muß es sein“, äußerte der Inspektor, „dem Kinde, das draußen verkommen, seinen Eltern oder Pflegern entlaufen oder durch die Behörden hierhergebracht worden ist, seine Kindheit wiederzugeben. Wir hocken nicht in den Stuben, meine Jungens und Mädels haben volle Freiheit und lernen hier die Natur lieben und das Böse vergessen. In dem Anschmiegen an die Natur, in der möglichsten Vermeidung aller körperlichen und Freiheitsstrafen, in der fortwährenden Beschäftigung mit praktischen Arbeiten oder Spielen beruhen unsere Erfolge!“

Ganze Schaaren von Knaben belebten unter Aufsicht von Lehrern und Gärtnern die Stege, Beete und Gänge. Ein Theil schaufelte, diese holten Wasser, andere trugen das ausgejätete Unkraut fort. Jeder hatte etwas zu thun. Rechts und links dehnten sich lang hin die prächtigsten Rosen- und Lilienbeete. „Fritze, Karl und Luckow, Du, Ihr seht ja schön aus; gefällt’s Euch denn?“, rief Herr Ramme drei pausbackigen Jungen zu. „Na, gewiß!“, und sie befühlten lachend ihre kahlen Köpfe, von denen soeben das Haar fortgenommen worden war. Die kleinen Gestalten trugen sich ganz gut in den drillenen Anzügen. Wie all die „Verwahrlosten" nach und nach an mir vorüberzogen und ich neben den unheimlichsten Physiognomien, den schwächlichsten Körpern, der Trübe und Unstätheit des Auges, die überraschendsten, lieblichsten Kinder sehen konnte, verstand ich so recht den Fluch der Vererbung, die Wirkungen des Elends und einer verfehlten Erziehung. Vielfach haben zwei bis drei Generationen unter den trübsten Verhältnissen dahingelebt, alles Gute ist dabei erstickt worden, und das Schicksal des letzten Sprossen ist gewöhnlich das Zuchthaus.

Siebzehn Morgen bepflanztes eigenes Land umschließen die Anstalt, und die Erzeugnisse des Bodens, als Maiblumen, Obst, Zierpflanzen und Gemüse wandern zum Theil weit hinaus ins Reich. Ungemein reichhaltig sind auch die Treibhäuser, in denen die edelsten Blumen gezüchtet werden. Die Stunden rannen dahin, das Rufen und Lachen der Kinder drang von fern und aus den schattigen Wandelgängen erschallte Gesang. „Findet sich nicht oft ein Kind, das unter günstigen Bedingungen etwas Bedeutendes hätte werden können?", fragte ich meinen Begleiter, den sämmtliche Kinder mit augenscheinlicher Liebe begrüßten und ansprachen. „Sie vermuthen recht", erhielt ich zur Antwort. „Wenn Sie wüßten, welche Intelligenz ein großer Theil der Kinder hier besitzt! Vor einigen Jahren entdeckte ich unter ihnen ein wahres Musik-Genie. Ich ließ den Jungen, der Bewunderung erregte, ausbilden und führte ihn dann Joachim[21] zu, welcher ihn auf die Hochschule nehmen sollte. Daraus wurde nichts, weil er nicht das Einjährige-Freiwilligen-Examen gemacht hatte. Sie werden gespannt sein, was aus dem vielversprechenden Jungen

21 ▪ Gemeint ist der Dirigent, Violinist und Komponist Joseph Georg Maria Joachim, der 1869 von Kaiser Wilhem I. zum Gründungsrektor der Königlich Akademischen Hochschule für ausübende Tonkunst, der späteren Musikhochschule Berlin, berufen wurde.

geworden ist, nun, ein Militärmusiker. Vielleicht wird er Kapellmeister!" – Ich sollte bald aus eigener Anschauung etwas erfahren. Wir betraten ein Treibhaus, in welchem einige Knaben hantirten. „Heda, mein Junge, wieder einen Roman unter der Feder?" Der Inspektor richtete diese Frage an einen schmächtigen, etwa 11-12 Jahre alten Jungen, aus dessen blauen Augen etwas Eigenthümliches sprach. „Ich kann nicht schreiben, man hat mir ja alles weggenommen!" erwiederte er zaghaft. Frage und Antwort frappirten mich und ich erkundigte mich näher nach dem kleinen Schriftsteller! Die Eltern, Handwerksleute, hatten ihn seiner unbezähmbaren Vagabundirungslust wegen selbst der Anstalt zur „Besserung" überliefert. Der Knabe ist ein Talent. Er schreibt die niedlichsten Gedichte nieder und sogar ein See-Roman wurde von ihm bis zum 7. Kapitel fertiggestellt. Aber da kamen die Lehrer dahinter und aus war's. „Er träumt immer, aber er ist doch ein guter Junge," vernahm ich noch.

Schmuck sind die inneren Räume der Anstalt, wie die Aula, die Schlafstuben, Werkstätten und Schlafsäle. Um 5 Uhr früh ist Aufstehezeit (im Winter um 6 Uhr), um 9 Uhr Abends Schlafgang. Die Schulzeit liegt zwischen 7-12 Uhr Vormittags, die Beschäftigung mit Arbeiten zwischen 2-7 Uhr Nachmittags. Die übrigen Stunden sind dem Spiel gewidmet. Die Jungen lernen nähen, flicken, zimmern u. s. w. Jeder erhält auch nach der Entlassung aus der Anstalt einen sorgfältig ausgewählten Lehrmeister.

Viel Aufmerksamkeit wird den Mädchen zugewendet, die bis zum 15. Lebensjahr die Schule besuchen und bis zum 17. in der Anstalt verbleiben. Sie werden im Waschen, Plätten, Nähen und Kochen vorbereitet; dann erfolgt das Gehen in einen „Dienst", in dem sie aber auch noch der Anstalt bis zum 21. Lebensjahr unterstellt bleiben. Die Mädchen geben sich nicht so offen, wie die Knaben. In ihrem Wesen verrieth sich vielmehr eine gewisse Gedrücktheit. Auch sie haben sich Herumgetrieben, gestohlen oder sonst gefehlt. Gleich den Knaben sind sie ferner „Kinder der Liebe", der Noth und des Lasters.

Wie in den interessirten Kreisen über das vielberufene Zwangserziehungsgesetz[22] gedacht wird, ergiebt das Nachfolgende, welches ich einer Publikation der hier geschilderten Anstalt entnehme. Man ersieht nicht minder daraus, wie sehr über die eigentlichen Ursachen der Verwilderung und Verrohung der Jugend im Dunkeln getappt wird. So natürlich es ist, daß auch Kinder der bemittelten Stände der Zwangserziehung unterworfen werden müssen, die überwältigende Majorität gehört doch dem Arbeiterstande an. Gewiß ist die Behauptung wahr, daß derselbe immer mehr von schlechten Elementen zersetzt und proletarisirt wird, aber worauf ist diese Erscheinung zurückzuführen? Da sei nachgeforscht. Möge den berechtigten Forderungen des Arbeiterstandes Rechnung getragen und bessere Lebensbedingungen geschaffen werden. Was ich bereits gesagt, ich wiederhole es: im Elend verdirbt auch der Edelste und wird jeder Keim zum Guten erstickt. Dann aber auch gehe man unter das eigentliche Volk und beobachte und lerne Bedürfnisse verstehen.

Aber man lese: „In einer Beziehung darf sowohl für die in Zwangserziehung gegebenen Kinder selbst, wie für den Erfolg der Anstaltsarbeit überhaupt von der Durchführung des erwähnten Gesetzes Günstiges erwartet werden. Alle Vereine und Anstalten für die Rettung sittlich verwahrloster Kinder haben bisher einen meist erfolglosen Kampf gegen Armuth, Schwäche, Eigennutz von Eltern geführt, welche ihre Kinder vorzeitig aus der An-

22 ▪ Die juristischen Grundlagen für eine staatliche Erziehung Minderjähriger wurden in Preußen durch das Zwangserziehungsgesetz von 1878 und das Fürsorgeerziehungsgesetz von 1900 gelegt.

stalt zurückfordern und dadurch diese außer Stand setzen, ihr Rettungswerk zu vollenden, während die unglücklichen Kinder erhöhter sittlicher Gefahr preisgegeben werden. Solch störendes Eingreifen thörichter Eltern in das Schicksal ihrer Kinder machen die Vorschriften des Gesetzes vom 13. März 1878 unmöglich. Die in Gemäßheit desselben dem Verein zugeführten Zöglinge werden in seiner Anstalt verbleiben, bis der Zweck der Zwangserziehung erreicht ist. Es darf daher nicht nur erwartet werden, daß ein verhältnißmäßig großer Prozentsatz von ihnen zu nützlichen und frommen Bürgern des Staates erzogen werden könne, sondern auch, daß die in Rede stehenden Kinder selbst während der letzten Zeit ihres Aufenthaltes im Erziehungshause auf ihre jüngeren Gefährten einen günstigen Einfluß gewinnen werden. Noch aber ist dies erst in ferner Aussicht. Zur Zeit hat die Anstalt des Vereins, wie die gleichartigen, noch einen schweren Uebelstand zu überwinden, den Widerwillen der in dem Kinde mitverurtheilten Eltern. Dieselbe sittliche Stumpfheit oder offenbare Unsittlichkeit, welche das Verderben der Kinder mit herbeigeführt hat, macht auch die meisten Eltern unfähig, dasselbe zu erkennen und die Nothwendigkeit des verfügten Zwanges zu begreifen. Andere, und darunter sind oft bessere Naturen, vermögen es nicht zu ertragen, daß sich eine fremde Gewalt zwischen sie und ihr Kind gestellt hat. Alle stehen der Anstalt anders gegenüber als diejenigen, welche deren Hülfe aus eigenem Antriebe gesucht haben. Vorsteher, Lehrer und Beamte des Hauses haben daher von solchen Eltern viel zu leiden und werden durch sie in ihrer Arbeit auf mannigfache Weise behindert. Es ist ihnen aber auch durch Geduld und durch erhöhte Sorge für die unglücklichen Zöglinge, sowie durch die vortheilhaften Veränderungen, welche mit diesen vorgegangen sind, gelungen, deren Angehörige zu versöhnen und mit ihnen dieselben freundlichen Beziehungen zu erhalten, wie mit denen der anderen Kinder."

Ich habe nichts mehr hinzuzusetzen.

IN DER STÄDTISCHEN IRREN-ANSTALT ZU DALLDORF

KAPITEL X

UNTER DEN ARMEN UND ELENDEN Berlins

Es ist schon soviel über die Städtische Irrenanstalt zu Dalldorf geschrieben worden, daß es mir nicht in den Sinn kommen kann, bereits Bekanntes mit einer neuen Sauce übergossen, nochmals vorzusetzen oder gar ein Gesammtbild der Riesenanlage geben zu wollen.

Ich will nur einige Beobachtungen mittheilen, die sich mir auf einem Rundgange durch die Irrenanstalt aufdrängten.

In Begleitung eines jungen Akademikers zog ich in der Morgenfrühe eines Junitages hinaus nach jenem Hause, das wie ein großes lebendes Massengrab mit Hunderten gescheiterter Existenzen erscheint. Als wir bei sengender Gluth die Müllerstraße, die Tegeler Chaussee, von der links der Weg nach Dalldorf abzweigt, hinter uns hatten und endlich am Ziele angelangt waren, zeigte die Uhr auf zehn. Hinter den weiten Rasenflächen und den anmuthigen Baumanlagen, welche die Pavillons theilweise verdecken, kann mehr ein vom Getriebe der Welt abgelegenes Schloß vermuthet werden, denn ein Heim von Irren. Alle die neueren „gemeinnützigen" Stätten mit ihren Verbesserungen scheinen geschaffen zu sein, um das gut zu machen, was die Gesellschaft vordem gefehlt hat.

Der Portier des Direktionsgebäudes that einen Blick in das mir zugegangene Einladungs-Schreiben und zeigte dann den Weg zum Zimmer des Direktors. Medizinalrath Dr. Sander bereitete mir einen freundlichen Empfang und er ließ es sich nicht nehmen, mir selbst als Cicerone zu dienen. „Meine Zeit ist zwar sehr beschränkt; aber gestatten Sie nur, daß ich Sie führe", äußerte er und er fuhr fort, „Sie werden wissen, was für eigenthümliche Artikel von Zeit zu Zeit über uns erscheinen, sie beruhen auf Uebertreibungen und Unkenntniß der Verhältnisse. Ich sehe deshalb Ihren Besuch nicht ungern. Bitte beobachten Sie nach Möglichkeit." Wir verließen das Direktionsgebäude und der Rundgang begann.

Es giebt drei Stationen, die der „Ruhigen", der „Unruhigen" und der „Unruhigsten". Ein einziger Mann mit schneeweißem Kopf- und Barthaar und einer blauen Brille war in dem langen Korridor der „Ruhigen" zu erblicken.

Er las in einer Reisebeschreibung, aber so oft wir bei dem Hin- und Hergehen an ihm vorüber mußten, erhob er sich und neigte leicht das würdevolle Haupt. Die Mehrzahl der Insassen befand sich im Garten. Die Einen sprengten und jäteten, Andere gingen unthätig umher und ließen sich mit augenscheinlichem Wohlbehagen von den Sonnenstrahlen verbrennen. Manche lagen sogar schlafend oder wachend ausgestreckt auf den Promenadenbänken, die Uebrigen ruhten in einem großen Leinenzelt. „Hm, Hm, es wird immer toller", meinte ein in demselben sitzender Kranker, der eine Zeitung durchstudirte und uns nur kurz ansah. Der eifrige Politiker bemerkte nicht das überlegene, höhnische Lächeln seines Gegenüber, einer wahrhaft vornehmen Gestalt. Die dunklen Augen, der in englischer Manier geschnittene Bart, das feine Gesicht und das fortwährende nervöse Zucken der Mundmuskeln gaben dem Irren, einem „Doktor", etwas Charakteristisches. An ihn, wie an den und Jenen wandte sich der Direktor: „Sehr heiß heut, nicht wahr?" Aber kein Wort kam über seine Lippen.

Als wir uns verabschiedeten, standen die meisten Zeltbewohner auf und verneigten sich, jeder in seiner Weise, der als vollendeter Weltmann, dieser als ein Mann, dem der „Schliff" fehlt. Nur der Doctor blieb sitzen und lachte in abgebrochenen Sätzen.

Dalldorf hat jetzt über 1.200 Irre, die Hälfte Männer, die Hälfte Frauen, und die Ueberfüllung der Räume nimmt immer größere

Dimensionen an. Mit begreiflichem Verlangen wird deshalb der im Bau begriffenen zweiten städtischen Irren-Anstalt entgegengesehen. Die augenblickliche Zersplitterung der wegen Raummangel in anderen Anstalten untergebrachten Kranken, für welche die volle Verantwortung zu tragen ist, macht das Amt des Direktors und der dirigirenden Aerzte zu einem sehr schweren. Hoffentlich wird in einigen Jahren Wandel geschaffen sein. Ein anderer wunder Punkt ist die Wärterfrage. Daß der Dienst eines solchen Beamten der denkbar schwierigste ist und ungewöhnliche physische und geistige Kräfte voraussetzt, dürfte klar sein. Eine ganze Anzahl von Wärtern und Wärterinnen befinden sich zwar schon jahrelang in ihren Stellungen, recht viele gehen aber bereits nach einigen Monaten ab. Dadurch entsteht eine gewisse Unruhe und Unsicherheit.

Im Pavillon der „Unruhigsten" sind die für irrsinnig erklärten, schweren Verbrecher, die sogenannten „wilden Männer" untergebracht. Ueber jene Kranken wird nur zu oft der Stab gebrochen und ich war sehr begierig, Sander's Meinung zu hören. Das joviale Gesicht des Direktors wurde bei dieser Frage ernst. „Unsere wilden Männer", erwiderte er mir, „verursachen draußen viel Kopfzerbrechen. Was schlägt man nicht alles vor: völlige Abgeschlossenheit, undurchdringliche Zellen und Verweigerung des Aufenthalts im Freien. Man bezweifelt den Irrsinn und klagte uns an, wenn dann und wann ein Mann entweicht. Ich glaube nur an wenige Simulanten, seien Sie versichert, die meisten Verbrechen und Vergehen werden im Wahnsinn begangen. Das wissen auch die erfahrenen Richter; aber sie können nicht viel thun. Ausschlaggebend sind die Gerichtsärzte, welche häufig – zu ängstlich sind. Und wo sollten wir auch schließlich mit allen Leuten hin?"

23 ▪ Imanuel Mendel (1839–1907) ließ sich nach Abschluss seines Medizinstudiums 1860 als Landarzt in Berlin-Pankow nieder. Außerdem betreute er verschiedene private „Irrenanstalten". Später unterrichtete er als Professor an der Berliner Friedrich-Wilhelms-Universität forensische Psychatrie. Er war an der Ausarbeitung des Bürgerlichen Gesetzbuches und des Strafgesetzbuches beteiligt.

Professor Mendel[23] hat vor einiger Zeit eine Anzahl „Vagabunden“ auf ihren Geisteszustand hin untersucht und keinen geringen Theil von ihnen für geistig gestört befunden. Es war ein sehr verdienstliches Thun nach außen hin, aber für uns war's nichts Unbekanntes. Außer den verschiedensten seelischen Verstimmungen bilden Noth, Sorge, aufreibende geistige und physische Arbeit, wie Vererbung vorzügliche Keime des Wahnsinns. Nehmen Sie noch Diejenigen hinzu, welche jahrelange Isolirhaft erlitten haben und Sie werden verstehen, woher sich unsere Kranken rekrutiren.“ Sander hatte mir dies populär auseinandergesetzt, wir schritten auf dem schmucken Kiespfade weiter hin, mein liebenswürdiger Führer sprach immer eifriger und ich pflichtete ihm bei. Ich will hier übrigens an den Wiener Psychiater Professor Dr. Benedict[24] erinnern, der noch über das eben Gesagte hinausgeht; aber einige sehr beachtenswerthe Vorschläge unterbreitet hat, so die, daß die Psychologie einen größeren Theil der Erziehung des Richter-, Rechtsanwalts- und Staatsanwaltsstandes einnehmen müsse. Die Kranken werden mit großer Auswahl ihrer Kräfte und Veranlagung beschäftigt. Das 270 Morgen umfassende Gebiet der Anstalt (die zweite wird 400 Morgen haben) braucht sehr viele Arbeiter zur Beackerung; viele Irre fertigen außerdem Cigarren, Möbel, Kleidungsstücke u. s. w. Die jedem angemessene Beschäftigung ist ein gutes Beruhigungs- und Heilmittel, von dem leider nur die noch körperlich Gesunden ganz profitiren können.

Nun standen wir vor dem Werkhause, das sämmtliche Werkstätten der Anstalt enthält. Am lebendigsten war das Treiben bei den Tischlern. Bei ihnen sausten die Hobel, knarrten die Sägen und schlugen die Hämmer im fortwährenden Takte auf. Keinem der zehn im vorgerückteren Alter stehenden Männern war etwas

24 ▪ Moriz Benedikt (1835–1920) war Neurologe und unterrichtete als Professor Neurologie an der Universität Wien.

von einer Störung der geistigen Funktionen anzumerken. „Das ist brav von Ihnen, mein lieber T... daß Sie sich so schnell hier eingearbeitet haben", redete der Direktor Einen an. Ein schmunzelndes Lächeln drückte den Dank für die Anerkennung aus. An wen Sander auch herantrat, Jeder schien sich zu freuen; für Jeden bot sich ein passendes ermunterndes oder theilnehmendes Wort. „Ja, ja, ich bin so fleißig! Ach so fleißig!", lallte in kindlicher Freude in der Tapezierwerkstelle ein 53jähriger Idiot. „Wir müssen tüchtig schaffen, ich habe zu wenig Gesellen", sprach ein Anderer. Die Thür hatte sich uns geschlossen, als der Letzterwähnte hinter uns herkam und folgende „Geschäftsempfehlung" aushändigte: „Werkstelle In Daldorf. Tapezier M. U... Tapezieregehü, Madratz, Keilkissen, Rauleaux Sohfas, Bettboden, Stuben, Tapez." „Die Austheilung solcher „Empfehlungen", erklärte der Direktor, geschieht von ihm an jedes fremde Gesicht.

Sehr angenehm berührt es, daß die Wärter keine eigentliche Uniform tragen, nur eine Litze auf den Achseln unterscheidet sie von den helle Leinen- oder blaue Kommiskleider anhabenden Kranken. Ich bin an ziemliche Strapazen gewöhnt, aber das stundenlange Gehen im Sonnenbrände, dann das Treppe auf, Treppe ab, nahm mich doch etwas mit; mein Begleiter schien kein Unbehagen zu spüren.

Auch die Abtheilung der Epileptischen wurde besichtigt. Die Mittagszeit war da, die sauber gedeckten Tische blinkten auf den Korridor hinaus, der den Kranken zum „Spazierengehen" dient. Wie die meisten Irren, so kannten auch diese hier ihren Direktor. Nicht wenige hatten Wünsche auszusprechen. Einer wollte sofort eine Landpartie unternehmen, ein Anderer wollte auf der Stelle zwei Postkarten besitzen und ein recht leidend aussehender junger Mann flehte in rührender Weise, ihn nach Hause ziehen zu lassen, zu seinem „lieben, lieben Lieschen". Verschiedene lagen im Bett und gewahrten nicht, was um sie vorging.

. . . . . Albert Lindner![25] Man denkt nicht mehr an den Dichter der „Bluthochzeit", der in Dalldorf langsam seinem Ende entgegensiecht.

Vor ungefähr Jahresfrist drang die Kunde in die Oeffentlichkeit, daß der Unglückliche unrettbar dem Wahnsinn verfallen sei. Dann vernahm man von des armen Poeten Ueberführung nach der städtischen Irrenanstalt zu Dalldorf und zuletzt von allerlei „Wohlthätigkeitsveranstaltungen" zu Gunsten seiner Familie.

Seitdem ist es still geworden. Hier und da begegnet man wohl einem Aufsatze über Lindners Wirken und Schicksal, der gewöhnlich mit den üblichen sentimentalen Betrachtungen abschließt. Niemand beschäftigt sich aber und weiß etwas von des Dichters augenblicklicher Lage. Und doch ist diese so trostlos und zugleich charakteristisch, daß die Schilderung eines Zusammentreffens mit Lindner des allgemeinsten Interesses sicher sein kann.

Wir hatten die verschiedenen Abtheilungen durchwandert und kamen zuletzt auch an die der ganz siechen Irren. Wie jeder andere Pavillon so ist auch dieser von Gartenanlagen umzogen. Die Siechenabtheilung nimmt diejenigen Kranken auf, die nicht nur geistig, sondern auch physisch völlig gebrochen sind und bei denen jede Hoffnung auf Besserung ausgeschlossen ist. Eine Todtenstille lagerte im Innern des Hauses, nur unsere Schritte hallten in den Corridoren dumpf wieder. Wir traten in die im Parterre gelegene, aus mehreren mit einander verbundenen Sälen bestehende Station der „Schwerkranken". Die Fenster standen weit auf, aber die hereinströmende reine Juliluft vermochte nicht

25 ■ Der Dramatiker Albert Lindner (1831–1888) erhielt 1866 für seine Tragödie „Brutus und Collatinus"den Schiller-Preis.

die in Masse angehäuften Gase aufzusaugen. Ein paar Kranke saßen in ihren blau-weißen Kitteln leblos auf den Stühlen, die im Bett liegenden, ganz zerfallenen, zumeist greisen Irren schauten stieren Auges in die Höhe oder hielten die Lider geschlossen und ein Mann, dem das weiße Haar wirr in das Gesicht fiel, stieß fortwährend gurgelnde Laute aus. Draußen sangen die Vögel, ein leichter Wind fuhr durch das Grün, das wie ein Lenzesgruß hereinwinkte. Hier begegnete ich – Albert Lindner. Eine mittelgroße Erscheinung, nur mit einem Militairhemd bekleidet und barfuß, tauchte plötzlich an der Thürmündung zum zweiten Saale auf und sah uns wie Wesen aus einer anderen Welt an. Die Hand des Dichters fuhr in den grauen Kinnbart, ein halbes Zurückweichen vor uns und ein hinzueilender Wärter führte die wankende Gestalt am Arme fort. . . . . . „Sie werden den Mann auch kennen", meinte der Director, ... „eine sehr bekannte Persönlichkeit". „Und darf ich deren Namen wißen?", forschte ich . . . . . „Albert Lindner!" Ich konnte es kaum fassen, diesen Namen hier unter dieser Umgebung zu hören. „Ist jede Hoffnung auf Genesung ausgeschlossen?", fragte ich weiter. „Auch die geringste", lautete die Antwort; „die Gehirnerweichung nimmt ihren Fortgang und dazu kommt, daß Lindner auch körperlich recht abnimmt, er wird immer schwächer." Mir wollte es gar nicht in den Sinn, daß man einen deutschen Dichter, dessen Geist sich umnachtet hat, kein würdigeres Unterkommen bereiten kann. Albert Lindner sind, wie ich erfuhr, keine zwei Jahre des Lebens mehr vergönnt. Findet sich keine Stiftung, kein reicher Literaturfreund, der sich des wahnsinnigen Poeten annähme und seine Ueberführung nach einer Privatanstalt veranlaßte? Aber wenn dies auch keine Verwirklichung findet, wäre es nicht eine schöne Pflicht der Stadt

Berlin, dem Unglücklichen eine freundlichere Stätte in Dalldorf zu bereiten? – –

Ein altvaterischer Polsterstuhl steht vor Albert Lindners Bett. Zurückgelegt in ihn schaut des Dichters halb erloschenes Auge hinaus ins Freie und wenn's dann und wann aufflackert, verlangt er wohl nach Papier und Feder. Aber nur wirre Sätze entringen sich dem gebrochenen Geist und wie verzweifelnd bricht Lindner bald wieder zusammen. –

Manch' idealer Frauen- und Mädchenkopf ragte aus der Unmasse von Physiognomien in der weiblichen Abtheilung hervor. Als wir in dem großen Handarbeitszimmer dem Nähen und Steppen der Kranken unsere Aufmerksamkeit widmeten, rief's hier und da: „Guten Tag, Herr Direktor!" „Bester Herr Geheimrath, sehen Sie nur unsere Arbeit!" „Nein, es ist zu heiß!" Und der gute Direktor fand auch für die Gedrückteste einen Ausdruck des Dankes und des Trostes.

KAPITEL XI

DAS KAFFEEHAUS

UNTER DEN ARMEN UND ELENDEN **Berlins**

Nicht über „Wiener Café's" noch „Kaffeeklappen" will ich schreiben, sondern über Lokale, welche die Grenze zwischen den beiden bilden. Auch in ihnen fluthet das Leben der Weltstadt und zeigen sich dem Besucher die werthvollsten Bilder.

Es ist sechs Uhr Morgens. Das im Parterre gelegene Kaffeehaus im Süden Berlins, dessen Inhaberin schon seit Jahrzehnten Mutter X. ist, hat seine Thür geöffnet. Im Innern, zwei in offener Verbindung miteinander stehenden Räumen, herrscht eine ansprechende Schmucklosigkeit. Der erste Gast erscheint. „Eine Kleine mit Schrippe," ruft der junge Handwerker nach dem im letzten Zimmer aufgestellten Buffet, hinter welchem Mutter X. ihren Platz hat. Der Kaffee „zu 10" und die Schrippe werden gebracht und hastig eingenommen. „Guten Morgen, Mutter X.", ruft's nun immer mehr. Die besser situirten Junggesellen, die Werkführer der nahen Fabriken kommen allmälig an, riskiren eine Tasse zu 15 Pf. und thun einen flüchtigen Einblick in die Morgenblätter. „Ach, es ist schon dreiviertel sieben, schnell eine Kleine." Und die junge Arbeiterin zieht eine mitgebrachte Schmalzstulle hervor, beißt ab, trinkt den Kaffee und verschlingt nebenher den Roman ihres Leibblattes. Ganz beseeligt von der Lektüre, deren Gaukeleien sie auf Stunden die Oede ihres Daseins verschleiern, eilt das Kind der Arbeit von dannen.

Von sieben Uhr ab tritt eine kurze Ebbe ein. Die Arbeiter haben ihr Tagewerk begonnen und jetzt erscheinen die kleinen Meister und Rentiers, Subalternbeamten[26] und stellungslosen Kommis auf dem Plan. Auch der „Herr Konsul", eine 82 jährige, noch sehr stramme Persönlichkeit, findet sich zum gewohnten Frühstück ein. Ihn umgiebt ein gewisser Nimbus. Niemand weiß etwas Näheres über den Herrn, und nur Mutter X. behauptet, daß er von

26 ▪ In der „Oeconomischen Encyclopädie" (1773–1858) von J. G. Krünitz steht als Worterklärung: "Subalternen: in einer Staatsverwaltung, die einem Chef, einem Collegium oder einer Behörde untergeordneten Beamten, welche die Verordnungen desselben auszuführen, und überhaupt das gesammte Detail des Geschäfts zu besorgen haben."

der Regierung „pensionirt" sei und die ganze Welt gesehen habe. Der „Herr Konsul" spricht nur beim Eintritt. „Ganz merkwürdig", sagt er fröstelnd, „wie veränderlich doch das Wetter ist, gestern waren's 25, und heute sind's nur 23 Grad." Und während Alles vor Hitze verkommt, schimpft der fest in seinen Ueberzieher gehüllte alte Herr auf das launische Sommerwetter. Aber man hat den Sonderling seiner milden Freundlichkeit und Schlichtheit wegen gern und er würde recht vermißt werden. Er ist auch kein Zeitungsmarder[27], wie so viele Andere, die namentlich während der Parlamentssaison, wo es spaltenlange Berichte zu lesen giebt, zum Schrecken der Gäste werden. Ist jene Zeit da, dann platzen die Geister der Konservativen, Liberalen und Sozialdemokraten aufeinander, um schließlich nach stundenlanger Diskussion zu dem Resultat zu kommen, daß – Jeder recht hat.

Die eifrigen Politiker haben sich entfernt, die Mittagszeit ist da. Wieder ein anderes Bild! Alles Nebelhafte, Phantastische und „Gemüthliche" verweht und das reale Leben bricht durch. Ernste Männer im Arbeitsanzuge, deren abgespannte Züge sich nach und nach aufhellen, rücken einzeln oder zu Paaren an und lassen sich an den Tischen nieder. Die meisten wohnen in den Vorstädten, sind verheirathet und nehmen erst am Abend im Kreise der Ihren ein warmes Essen ein. Das bedienende Mädchen, sowie Mutter X. . ., deren Tochter und das blondhaarige, reizende Enkelkind haben alle Hände voll zu thun. Die Tassen klappern, man lacht, plaudert und Dieser und Jener verfolgt die aufsteigenden Wolken seiner Pfeife oder Cigarre. Zwischen den Männern der Arbeit sitzen die Proletarier der Feder und des Geistes, arme Schreibgehilfen, schlecht besoldete Handlungsbedienstete, junge Akademiker u. s. w. Der Tisch der Taubstummen ist dicht besetzt,

27 ▪ Ende des 19. Jahrhunderts ist der sogenannte Zeitungsmarder ein beliebtes Sujet der Karikaturisten. Er «recrutiert sich zumeist aus der Gilde der pensionierten Beamten oder der glücklich von ihren Renten lebenden Privatiers. Seine Zeche ist klein, sein Trinkgeld mager, aber seine Bedürfnisse übermäßig", hieß es beispielsweise im Jubiläumsführer durch Wien von 1898.

aber kein Mensch achtet auf die heftigen Gestikulationen; die Gäste des Kaffeehauses kennen sich und ihre Eigenheiten und nur beim Kommen und Gehen werden freundliche Grüße ausgetauscht.

Mit der Mittagszeit hat der Verkehr seinen Höhe-Punkt erreicht. Je weiter der Nachmittag vorrückt, desto größer wird die Zahl der Schach- und Damespieler, da und dort leistet man sich auch einen Skat oder „Schafkopf". Die Gäste dieser Stunden sind zum Theil die bereits am Morgen dagewesenen, zum Theil sind es Beamte, deren Bureauzeit um 4 Uhr zu Ende ist, zum Theil sind es „Laufkunden". Um sieben Uhr Abends, nach dem Schluß der Fabriken und der Geschäfte, wird's bunter. Die jetzt eingenommenen Mahlzeiten bestehen nicht nur aus Kaffee und Schrippen, sondern auch aus Bier und belegten Stullen, die Unterhaltung ist lauter, die Stimmung molliger.

Es ist ein Kommen und gehen, jede Tageszeit verleiht dem Kaffeehause eine bestimmte Physiognomie. Im Winter ist der Verkehr lebhafter als im Sommer. Gleich bleiben sich nur der Kaffee, die Chokolade, der Thee – und das treuherzige Auge der greisen Mutter X......

BERLINER SIECHEN-HÄUSER

KAPITEL XII

UNTER DEN ARMEN UND ELENDEN Berlins

Man glaubt kaum, wie viel Schätze noch von einem Schilderer der Berliner Sitten- und Gesellschaftszustände zu heben sind. Wie viele im großen Publikum kennen z. B. die Städtischen Siechenanstalten und doch nahm ich von diesen zwei Häusern einen Eindruck mit fort, wie ich ihn in gleicher Stärke und Nachhaltigkeit nur in wenigen Fällen empfangen habe.

Nur noch bis zum Herbst 1888 hat die „Städtische Siechenanstalt für Frauen" in der Gitschinerstraße 104 ein stilles Heim. Dann siedeln die Insassen, augenblicklich 174, nach dem in der Pallisadenstraße gelegenen Männer- und Frauen-Hospital[28] über, das von den Männern verlassen wird.

Ich saß in dem Bureau des Inspektors und plauderte mit ihm, als ein Unterbeamter hereintrat und ein Aktenstück mit einem kleinen Päckchen ausgehändigt erhielt. „Die zur Versteigerung gelangende Hinterlassenschaft einer Siechen", sagte der Inspektor zu mir gewendet und ich sah einen aus Ohrgehänge und Brache bestehenden Korallenschmuck, dem sich ein kleiner goldener Fingerreif anreihte. „Die Frau hat sehr an den Sachen gehangen", vernahm ich noch so nebenher. „Das kann ich mir denken", erwiderte ich, „man bewahrt gern die Zeichen früherer, schöner Tage." Wie heißt es doch?: „Du Ring an meinem Finger, Du goldenes Ringelein." Er, von dem sie den Reif als glückliche Braut bekommen haben mag, weilt – in Dalldorf. Die Arme hat seiner bis zum letzten Augenblick gedacht. Liegt nicht in dem Verhältniß der Beiden, das plötzlich vom Schicksal jäh durchrissen wurde, ein Stück rührender Poesie?

Die in zwei Stockwerken untergebrachten Frauen sind durchschnittlich über das mittlere Lebensalter hinaus. 72 Frauen zählen 71-80, 41 Frauen 81-90 Jahre und über 90 Jahre sind 3

28 ▪ Das Hospital wurde Ende des 19. Jahrhunderts nach Bauplänen des Architekten und Stadtbaurates Hermann Blankenstein im Auftrag vom Berliner Magistrat errichtet. Nach seiner Erweiterung 1889 erhielt es den Namen „Friedrich-Wilhelms-Hospital und Siechenanstalt" und war unter anderem für die medizinische Versorgung Obdachloser zuständig.

Personen. Im „Siechenhause“ findet Aufnahme, wer durchaus hilflos ist, in Berlin seinen Unterstützungswohnsitz erworben und keine Vorstrafe erlitten hat. Wo diese Vorbedingungen fehlen, geschieht der „Abschub“ in die Heimath oder in das Rummelsburger Armen-Hospital.

Auf den Bänken des von mächtigen Kastanienbäumen beschatteten Hofes saßen eine große Anzahl von Siechen müßig oder mit dem Strickstrumpf in der Hand. Der Inspektor richtete an Jede ein passendes freundliches Wort. Eine Blinde freute sich wie ein Kind, als sie hörte, wie sie für einige Wochen von ihren Verwandten aufs Land genommen würde. „Und mir, der Frau von Habenichts, bringen Sie nichts, Herr Inspektor?“ „Ein anderes Mal, nur noch etwas Geduld!“ Die Greisin, der dies galt, eine urwüchsige Berlinerin von 82 Jahren, lachte zweifelnd. „O, o, wieder die Alte, ja ich!“ lispelte bescheiden ein altes Mütterchen, das 85 Jahre zählte und an dem sauberen Häubchen und der blauen Schürze zupfte.

Saal an Saal reiht sich aneinander. In ihnen ruhen Frauen, deren einzige Freude die hereinbrechenden Sonnenstrahlen sind. Sie, die Siechen, Altersschwachen und Kranken lagen wie abgestorben in den Betten, an deren Kopfende sich eine Tafel mit den Namens-, Alters-, Krankheits- und Aufnahmedaten befindet. Unter den Decken sahen die Köpfe mit den tief in den Höhlen ruhenden Augen, dem runzligen eingefallenen Gesicht und dem grauen oder weißen Haar gespensterhaft hervor. So „leben“ die Siechen dem Erlöser Tod entgegen. Doch nicht alle befanden sich in den Betten. Jeder Saal enthält ein paar Sorgenstühle, sie waren sämmtlich besetzt. Manche kauerte auch auf einem Schemel neben ihrem Bett und brütete vor sich hin, Andere strickten oder lasen. „Wie freue ich mich doch, Sie lieber, guter Herr Inspektor, wieder sprechen zu können“, wispelte eine Stimme und die 94 jährige Nestorin der Siechen richtete sich im Bette auf und streckte dem Inspektor die Hände entgegen. „Auch Sie, junges Herrchen, guten, guten Morgen!“ Ich dankte dem uralten Mütterchen, das sich gar nicht beruhigen konnte und uns beim Weggehen in treuherziger Weise bat, recht bald wiederkommen zu wollen. Eine im mittleren Alter stehende blinde Frau, welche 1872 auf dem anläßlich der Dreikaiserzusammenkunft[29] stattfindenden Zapfenstreich, der bekanntlich Abertausende auf dem Schloß- und Lustplatz geführt und wo Viele zertreten wurden, durch die Scherben einer zusammenstürzenden Gaslaterne ihr Augenlicht verlor, meinte resignirt: „Die Rewalden geht weg, Hab' ich gehört, da wird's schön werden, Niemand kann mich nach der Markthalle führen. Und ich gehe doch so gern mal ins Freie hinaus.“ – „Nun, so schlimm ist es nicht“, beruhigte sie der Inspektor, „ist es nicht die Rewalden, dann eine Andere, wir müssen nur suchen.“

Zwei Frauen werden von der Alexander Mendelsohn'schen Stiftung unterhalten. Sie wohnen allein in einem Zimmer, das den Ausblick nach dem Wasser und der hinter der jenseitigen Häusermasse aufragenden neuen „Heiligen-Kreuz-Kirche“ gestattet. „Ob ich noch die Glocken werde läuten hören?“ Die eine Alte sprach es vor sich hin und sie sank grübelnd in ihren Sorgenstuhl zurück. „Na, gewiß, Lene,“ erwiderte eine Andere.

* * *

Minder freundlich als das Schwesterhaus ist das Heim, welches der „Städtischen Männer-Siechenanstalt“ in dem früheren, jetzt in Rummelsburg befindlichen Waisenhause zugewiesen worden ist. Das an der Ecke der Stralauer und Neuen Friedrichstraße er-

29 ▪ Das Drei-Kaiser-Treffen fand vom 6. bis 11. September 1872 in Berlin statt. Anwesend waren der österreichisch-ungarische Monarch Franz Joseph I., Kaiser Wilhelm I. und der russische Zar Alexander II. Am 7. September brach unter den Schaulustigen auf der überfüllten sogenannten Schlossfreiheit Panik aus. Es gab Tote und Verletzte.

richtete, von Friedrich Wilhelm I. gestiftete Gebäude gewährt nach außen hin den Anblick eines Klosters und nach innen den einer Kaserne. Anmuthender ist jedenfalls das Pendant in der Gitschinerstraße.

Am letzten Sonntag suchte ich die „Städtische Männer-Siechen-Anstalt[30]" auf. „Wählen Sie sich die Stunden zwischen 2 und 4 Uhr, die sonntägliche Besuchszeit, zur Besichtigung aus, Sie können dann mehr sehen", war mir gerathen worden. Ich kam dem nach und hatte es nicht zu bereuen. Frauen, junge Mädchen, und Kinder begegneten mir, als ich über den mit einer alten Linde geschmückten Haupthof hinwegschritt und den „Hausvater" suchte. Ich fand diesen und nach einer kurzen Unterhaltung ging's in die verschiedenen Stationen. Wie im „Städtischen Frauen-Siechenhause" wird auch hier nur dem Aufnahme gewährt, der physisch völlig ruinirt, materiell hilflos, in Berlin heimathsberechtigt und unbestraft ist. Die anderen Armen, und seien sie auch noch so schwach, enden im Rummelsburger Armenhospitale oder als städtische „Almosen"-Empfänger. Einer durch Protektion und Glück begünstigten Minderheit mag schließlich noch die Aufnahme in ein Privat- Siechenhaus glücken.

Starke Moderluft lagerte in den dunklen Gängen und ich athmete auf, wenn durch eine offenstehende Thür ein Windzug brach. Man kann aus dem Hause direkt in die Waisenkirche gelangen und es ist ganz interessant, die Wege zu ihr zu verfolgen. Sie dient noch heute ihrem Zwecke, wenn auch nicht ausschließlich für Kinder; man ist nur etwas praktischer in der Ausnutzung von Räumlichkeiten geworden. So ist der riesige Orgelboden der Friseur-Fachschule überlassen, welche an den Balken und Wänden die neuesten Modebilder angebracht hat.

30 ▪ In den Räumen des ehemaligen Friedrichs-Waisenhaus in der Stralauer Straße (Bezirk Friedrichshain) wurde 1877 die Männer-Siechenanstalt eingerichtet.

„Wenn es Ihnen recht ist, führe ich Sie erst in die „Depots“, sprach der Hausvater und ich stimmte ihm bei. Was diese „Depots“ sind? Menschenlager, über deren Leiber entschieden wird! Hier finden die siechen Männer und Frauen einstweilen ein Unterkommen, die Personalien und die Krankheits- bezw. Erwerbsunfähigkeitsursachen werden festgestellt und dann erfolgen die Ueberweisungen.

Zwanzig weibliche Wesen barg das Frauendepot in dem nach der Spree liegenden Flügel. Die Mehrzahl schaute uns aus den Betten entgegen, die Uebrigen betrachteten von den Fenstern aus das Treiben der Jugend auf dem Wasser und die in Menge auf der Straße dahin wandelnden Spaziergänger. Einige der Alten karierten auf den Stühlen und blickten theils gleichgiltig, theils neugierig oder verlangend nach jenen Betten, an denen sich ein Besuch niedergelassen hatte. „Großmuttel kommt wieder raus und zu uns?“, fragte ein Kind, das die runzelige Wange der im Bette Liegenden küßte und streichelte. „Vielleicht Grethel“, meinte die Mutter der Kleinen, eine Arbeiterfrau, „Großmutter hat's hier aber weit besser als bei uns.“ „Großmuttel“ lag währenddem still lächelnd da, sagte kein Wort und blickte nur das Enkelkind an.

Weit stiller und leerer war's im Männerdepot, das sieben Personen zählte. Und diese waren Männer in mittleren Jahren, gelähmt, schwach und verunglückt. In der mittleren Reihe dieses Saales stand ein Bett, das ein Mann von etwa 40 Jahren einnahm. Ich konnte nicht verstehen, was er zu dem an seiner Seite sitzenden Weibe sagte; aber deren anhaltendes Schluchzen war auch eine Sprache. Wir gingen weiter und weiter. Die Sonne bahnte sich nur mühsam einen Weg in die Zimmer der Siechen und umwob alles auf kurze Zeit mit einem flimmernden Schein. Die Einrichtungen sind monoton, kein Bild, kein Schmuck, Bett an Bett, zwischen denen ein kleines Schränkchen mit den Utensilien des Siechen steht. Dazu die Niedrigkeit der Zimmer, die alten und jungen abgestorbenen Gesichter, das Husten und Stöhnen oder stille Leiden, und man hat ein ungefähres Bild. „Die Station der Schwindsüchtigen", flüsterte mir mein Begleiter zu, als wir in einen Raum traten, in dem etwa 20 Betten ihren Platz haben. Greise, Männer und Jünglinge litten den letzten Kampf. Das Zimmer war mit verschiedenen Besuchergruppen gefüllt. Eine derselben, Vater, Mutter und Braut, umringte das Bett eines jungen, sympathischen Mannes, der aufrecht im Bett lehnte und zu der Herzallerliebsten sprach. Seine Hand fuhr über das Lockenhaar des Mädchens und er drückte dessen Kopf fest an sich. Heinrich Heine schließt die Einleitung seiner in der „Matratzengruft" geschriebenen Memoiren mit folgenden Worten an ein Idealbild: „Das arme Krankenzimmer ist in diesem Augenblick fast wohllustig heimlich, und ich sitze schmerzlos im großen Sessel. Da tritt Dein holdes Bild herein, ohne daß sich die Thürklinke bewegt, und Du lagerst Dich auf das Kissen zu meinen Füßen. Lege Dein schönes Haupt auf meine Knie und horche ohne aufzublicken. Ich will Dir das Märchen meines Lebens erzählen. Wenn manchmal dicke Tropfen auf Dein Lockenhaupt fallen, so bleibe dennoch ruhig; es ist nicht der Regen, welcher durch das Dach sickert. Weine nicht, und drücke mir nur schweigend die Hand." Solch feierlich-ernste Stimmung war auch hier eingezogen. Die Uhr zeigte auf vier und die in helle Leinensachen gekleideten Wärter machten auf die Beendigung der Besuchszeit aufmerksam. Durch die Zimmer zog es wie Todesschauer, man küßte sich, drückte die Hände und nahm zuletzt mit einem innigen Blick Abschied. Die Thüren schlossen sich und die Siechen waren wieder allein. Manche hatten einen Blumenstrauß vor sich liegen, an dessen Duft sie sich nun erfreuen konnten.

Unsere Wanderung setzte sich fort. An diesem und jenem Fenster der fünf Stationen hatte ein Polsterstuhl Aufstellung gefunden, in dem sich ein Siecher streckte. In den Unterhaltungszimmern, wo ich auch ein Billard sah, war's ziemlich leer; denn wer halbwegs gehen konnte, machte sich's im Garten oder Hofe bequem. Das am Spreeufer gelegene kleine Gärtchen, in dem eine Kegelbahn zur Benutzung steht, ist allerdings ein traulicher Aufenthalt. Wilder Wein umrankt die Lauben und Zäune. Die blau und weiß gestreiften Leinenmäntel und Hosen der Siechen leuchteten weithin und trat man näher, dann schaute man allermeist in zufriedene Gesichter. Diese und Jene spielten Domino, andere saßen einsam da und gaben sich dem Genusse des Rauchens hin.

* * *

Sah ich in Dalldorf den geistigen Ruin, so in den „Städtischen Siechen - Anstalten" den physischen Verfall.

UNTER DEN ARMEN UND ELENDEN Berlins

AUCH KINDER!

KAPITEL XIII

Es wäre gewiß erbaulich zu vernehmen, wo die Verfasser und Verfasserinnen von Kindergeschichten aus dem Volke die soziale Frage verstehen und – wie sie Studien machen. Die Dinge, ohne brutal zu werden, beim rechten Namen zu nennen, mit Ausdauer in den Tiefen zu forschen und weder zu übertreiben noch zu vertuschen, wird ängstlich vermieden. Schließlich ist es auch gar zu hübsch, das „Kind der Straße" als Engel oder Bestie zu zeigen und am Ende einen versöhnenden Charakterzug zu finden, damit das Ganze einen wohlgefälligen Abschluß erhält.

Nie empfand ich das Falsche einer solchen Auffassung mehr, als ich eine Stätte kennen lernte, welche wohl die unglücklichsten Kinder Berlins birgt. Mit dem Erziehungshause für sittlich verwahrloste Kinder „Am Urban" glaubte ich in dieser Beziehung Alles kennen gelernt zu haben. Und doch, es giebt Kinder, die noch bemitleidenswerther sind.

Wie so viele „gemeinnützige" Anstalten des neuen Berlins, befindet sich auch „Siloah[31]", die Filiale des Magdalenenstiftes, außerhalb der Reichshauptstadt. Nur durch einen Zufall lernte ich das Haus kennen, das – gefallene Kinder birgt, die von dem Polizei-Präsidium der Berliner Waisenverwaltung und von den eigenen Eltern der Anstalt überbracht worden sind. In Pankow, am Saume des Waldes gelegen, hat das unter dem Protektorat der Kaiserin stehende „Mädchen-Rettungshaus Siloah" eine Lage, wie sie idyllischer nicht gedacht werden kann.

Die Abendsonne brach durch den fröhlichen Lauten der spielenden „Ferien-Halbkolonisten" widerhallenden Forst, als ich, vom Magdalenenstift kommend, in „Siloah" eintrat. Diese Anstalt ist der Oberaufsicht der „Schwester Sophie" unterstellt, welche mich zugleich mit dem Hausgeistlichen freundlich empfing.

31 ▪ Im Jahr 1881 wurde in Niederschönhausen (Bezirk Pankow) das „Mädchenrettungshaus Siloah" zur Erziehung noch schulpflichtiger „gefährdeter Mädchen" als Filiale des Magdalenenstiftes gegründet.

„Wir haben schwer erziehbare Kinder", meinte P. Wießner beim Anblick der kleinen Mädchen, welche sich inner- und außerhalb des Hauses bewegten und er, wie Schwester Sophie thaten bei diesem und jenem Kinde besondere Bemerkungen. Ich habe fast alle öffentlichen Stätten des Elends und des Lasters kennen gelernt, ich habe die menschlichen Kadaver in der Morgue wie Klumpen Fleisch behandeln sehen und ich meinte immer nichts Besonderes mehr schauen zu können. Als ich die dreißig Mädchen im Alter von 8-14 Jahren betrachtete, von denen keines mehr den Zauber der Unschuld besaß, empfand ich doch, daß dem menschlichen Elend und dem Laster keine Grenzen gestellt sind. „Betty, wie geht's?" Mit diesen Worten wandte sich mein Begleiter an ein dunkelhaariges, mittelgroßes Mädchen, dessen Auge eigentümlich starr blickte. „So, so!", lautete die Antwort. Sie ist epileptisch und uns sehr zur Last. Aber niemand will sie uns abnehmen; wir haben sie nun einmal hier", warf Schwester Sophie ein. Wir besichtigten nun die Schlaf-, Arbeits-, Wirthschafts- und Schulräume des Hauses, über die sich aber etwas Charakteristisches nicht sagen läßt. Wie im Magdalenenstift werden auch hier die Zöglinge mit Feld- und Gartenarbeiten, Nähen, Kochen- und Flicken beschäftigt.

Der Tag neigte sich dem Ende zu und die Kinder fanden sich eins nach dem anderen im Hofe ein, wo unter einem Verdeck eine lange Tafel aufgestellt war. An ihr nahmen die Kinder ihr aus einem Napf Mehlsuppe, etwas Obst und einer Stulle bestehendes Abendbrot ein. Die kleine Gesellschaft lachte, plauderte und das silberhelle Stimmchen eines niedlichen Mädchens von etwa 10 Jahren brach siegreich hervor. „Nein, Hannchen, wenn Du nicht Mizi in Ruhe läßt", rief es über den Tisch hinweg, „bekommst Du nichts mehr", und sie warf der Hauskatze eine Stachelbeere zu, die von dieser verachtend liegen gelassen wurde. Das kleine Ding, welches der Liebling Aller zu sein schien, ist seit Jahresfrist in „Siloah". Ich war überrascht, zu hören, daß dieses Kind seinen Eltern entlaufen war, darauf sechs Wochen im Freien zubrachte und für ein Stück Brod, herumlungernd, seinen zarten Körper preisgab ..... Manche der Kleinen sind dem elterlichen Hause oder dem Aufenthalte bei Pflegern, wo Rohheit, Lieblosigkeit, vielfach auch Hunger das Regiment führten, entflohen, dann aufgegriffen und nach „Siloah" gebracht worden, die Mehrzahl aber ist direkt und indirekt im frühesten Alter – verkauft worden. Nicht wenige der Kinder machen einen völlig entkräfteten Eindruck und werden für immer ruinirt bleiben.

Die Schwestern, P. Wießner und ich saßen abseits an einem Tische beim Abendbrote. Ich gestehe, diese Absonderung, welche mir schon im Magdalenenstift auffiel, hatte etwas Peinliches. „Die Schwestern müssen stets das Gefühl haben, daß sie über den Mädchen stehen," erklärte mir P. Wießner und ich verstand nunmehr den eigenartigen Ton des letzten Jahresberichts des Magdalenenstifts.

„**D**as Erntefest ist in den letzten Jahren durch Veranstaltung eines mit Gesang und Poesie geschmückten Erntekranzaufzuges ein besonders schöner Tag geworden. Dazu kommt nun noch die festlichen Tage der Schwesternschaft, Einführung der Probeschwestern, Einsegnung der Diakonissinnen, die Abendmahlsfeiern der Schwestern. An allen diesen Handlungen dürfen die Zöglinge keinen Antheil nehmen. Sie sind dazu da, daß die Schwesternschaft sich im Bewußtsein der Würde und Bürde ihres Amtes stärke und befestige. Aber es wird von dem Ernst und der Freude dieser Tage doch immer den Zöglingen ein guter Theil mit erhebender Wirkung fühlbar."

Mit sonderbaren Gefühlen mag jenen „Festen" aus der Ferne zugeschaut werden. Ja, es ist etwas Schönes um die Auslegung der Nächstenliebe. Der Stifter der christlichen Religion speiste mit den Armen und Elenden an einer Tafel, seine Jünger finden das unziemlich. Gemeinschaft herrscht nur im – Beten. Auch ein Standpunkt!

Wir plauderten mit einander und ich hörte von Schwester Sophie manches Interessante. Anfangs ist den Kindern die Waldesnatur etwas Fremdes, Ungewohntes; allmälig aber beugen sie sich deren bezwingendem Einfluß und unter dem Schatten der Bäume, umweht von den Düften der Blumen und beim Spiel im Freien, leben sie, fern von blutaussaugerischen Menschen, allmälig wieder auf. Für Viele ist es dann ein schöner Traum, wenn mit dem 14. Lebensjahre der Austritt aus der Anstalt erfolgt. Alte, längst verloschen geglaubte Schwächen brechen abermals hervor, ein Theil der Mädchen hält sich, ein Theil geht zu Grunde.

Das Abendbrot war beendet, die Größten räumten ab und alles harrt der Weisung der Schwestern sich zu erheben. Aber mir sollte eine Ueberraschung bereitet werden, die sich mir unauslöschlich eingeprägt hat. „Nun, Kinder, singt einmal!", bat Schwester Sophie. Und in die Abendluft hinaus erklang die innige Weise des „Wer hat Dich Du schöner Wald ..." Die Mädchen hatten sich erhoben, die Hände gefaltet und den von der untergehenden Sonne wie mit Purpur übergossenen Gesichtern war in diesem Augenblicke jeder unedle Zug entschwunden. Sie schienen alles um sich her vergessen zu haben und von einem Lande zu träumen, wo kein Elend, kein Leiberschacher herrscht und wo an jedem

Kinderbette eine liebe Mutter bewahrend wacht. Auf's Tiefste erschüttert, trat ich den Heimweg an. Aus den Villen drang fröhliches Rufen, Spaziergänger schlenderten dahin und in den Vorgärten der prächtigen Heims spielten unter Aufsicht von Gouvernanten nach der neuesten Mode gekleidete Zierpuppen. Das waren auch Kinder!

FINALE! IN DER MORGUE!

KAPITEL XIV

UNTER DEN ARMEN UND ELENDEN Berlins

Womit anders könnte ich abschließen, als wie mit der Morgue? Sie ist das schließliche Ende im Dasein der Armen und Elenden. Das der Menge so unheimliche Haus nimmt Alles auf: den Selbstmörder, wie den plötzlich auf der Straße Sterbenden, Verunglückte und aus „unbekannter Todesursache" jäh ihr Leben aushauchende Menschen. Hier ist der Markstein der äußersten Armuth oder eines verfehlten, überdrüssigen Daseins.

Als ich aus der Friedrichstraße in die Kommunikation am neuen Thor einbog, zog Regimentsmusik vorüber, deren Klänge brausend wiederhallten. Frohe Menschenschaaren wandelten mit dahin, heitere Lebenslust stand auf den Gesichtern und im Tact sangen die Lautesten „Vorwärts mit frischem Muth, Lieb' ist mein Panier." „Eingang zur Morgue[32]." So las ich an dem offenen Eingänge der nun bald dem Abbruch verfallenden Stadtmauer, die sich von der Friedrichstraße bis zum Luisenplatz erstreckt. Gegenüber jenem Ueberbleibsel einer fernen Zeit befinden sich Lagerplätze, kleine und große Häuser. Die am 1. März 1886 eröffnet« neue Morgue ist durch die Stadtmauer von der Straße getrennt. Ich stand vor einem sich lang hinziehenden, in feinem Rohbau errichteten Gebäude, das in der Mitte auf der zum Leichenausstellungsraum führenden Freitreppe durch Sandsteinsäulen gekrönt ist. An der Hauptthür oben hing ein Zettel: „Unbekannte Leichen sind nicht vorhanden. Geschlossen!" Während ich diese Worte überflog und etwas unschlüssig dreinschaute, rief mir ein auf dem Rasen spielendes Mädchen zu: „Wollen Sie hinein? Im Keller sind „welche"; gehen Sie doch zum Herrn Kommissar." Ich dankte dem Kinde und stieg die Stufen zum Bureau hinan. Mit freundlicher Bereitwilligkeit erhielt ich von Leichen-Kommissar Mühsam, einem älteren Herrn, die Erlaubniß, sämmtliche Räume des Hauses be-

32 ■ Das Leichenschauhaus wurde im März 1886 in Betrieb genommen. In dem hufeisenförmigen Institutsgebäude wurden im mittleren Teil die Leichen aufbewahrt. Der östliche Flügel diente dem Unterricht und richterlichen Zwecken. Der westliche Flügel beherbergte Dienstwohnungen, das Büro des Leichenkommissarius, des Leichendieners und des Maschinisten. (Quelle: Inaugural-Dissertation „Rechtsmedizin in der Weimarer Republik" von Tina Junkers, Universität Greifswald)

sichtigen zu dürfen. Ein Drücken auf einen Knopf, die Thür öffnete sich und der Hüter der Morgue, der Portier Jahde, wurde mir zum Führer und Erklärer bestellt. „Sie stehen Ihrem schweren Berufe noch nicht lange vor“, fragte ich im Hinblick auf die blühende Erscheinung meines Begleiters. „Na, so an siebzehn Jahre sind's jetzt, daß ich hier bin“, erhielt ich zur Antwort. Man gewöhnt sich an Alles, auch an das Schrecklichste. Kommt noch eine Dosis kluger Lebensphilosophie hinzu, dann ist Einem der Kadaver eines Menschen nichts weiter als ein lebloses Object. Plaudernd waren wir in das Innere der Morgue gelangt. Ich hätte an der Bestimmung dieses Raumes zweifeln können, nichts deutete auf sie hin. Wie anders wars in der alten Morgue. Tief im Keller lagen die Leichen quer durcheinander, kein Lichtstrahl fiel in das von Verwesungsgerüchen erfüllte alte Gebäude und das Grundwasser rann von den Wänden. Das neue Leichen-Schauhaus dagegen „entspricht allen Anforderungen der Neuzeit“, ist luftig und fast elegant eingerichtet. Steinfließen und Kacheln bedecken den Fußboden, jedes Zimmer und jeder Saal, wie der kleinste Keller werden von den Kühlungsröhren der im untersten Erdgeschoß ausgestellten Eismaschine durchzogen. Rechts vom Flur sieht man ein breites und hohes Zimmer, es ist der Leichenwaschraum. An einem Halter hingen Kleidungsstücke und Leinenzeuge. Päckchen für Päckchen trug einen Papierstreifen mit Nummer. Nr. 59 bemerkte ich eine Hose; sie war mit dickem Sand besetze. „Der Mann liegt unten, er wurde am Mühlendamm angeschwemmt“, vernahm ich. Es waren also Sachen vom Todten. In einer Ecke standen „Kopfhölzer“, welche den leblosen Körpern untergelegt werden, Eimer, Riemen lehnten an den Wänden und an der Wasserleitung und bei einem daneben befindlichen langen Spülrohre hatte eine eiserne, schiebbare Pritsche ihren Platz. Von hier werden die bekannten, oder die Leichen, welche die gesetzlich festgestellten drei Tage ausgestellt waren auf einem Fahrstuhl in den Keller geschafft. Wir fuhren in die Tiefe hinab. Es war so still und ruhig an der Stätte der Todten. Rechts und links gewahrte ich schwarze, jeder Verzierung entbehrende Särge. Von oben her drang das Licht des Tages und warf seine Reflexe aus einen Kindersarg, der die Hülle eines ertrunkenen Schiffermädchens umschloß. Die dreizehn Zellen des Kellers, von denen jede drei Körper aufnehmen kann, enthielten vier nackte Todte: einen Ertrunkenen, einen Vergifteten einen „Unbekannten" und einen vom Bau gestürzten Maurer. Außer dem letzteren waren es Leute in jüngeren Jahren. Während der durch Wassertod aus dem Leben Geschiedene bereits in Verwesung übergegangen war und einen gräßlichen Anblick bot, schienen die Uebrigen, stand man abseits und schaute durch die Glasscheiben der Zellen, wie nach langem, schwerem Kampfe zu schlummern. Trat man näher, dann zeigten sich freilich die gläsernen, halb oder ganz geöffneten Augen, die sich wie stumme Ankläger auf den Nähertretenden richteten, die blau angelaufenen Körper. Um den Mund des Einen zog sich jener theils trotzende, theils verzweifelnde und doch so wehmuthsvolle Zug, der Alles ansdrückte: Du hast gekämpft und gelitten, Du hast geliebt und geglaubt, hast nach allem Schönen und Guten gestrebt und bist doch gesunken. Turgenjew legt einer seiner Figuren folgende Worte in den Mund: „In meiner Jugend wollte ich den Himmel erklimmen und Gott finden; dann habe ich vom Wohle des Menschengeschlechts geträumt, vom Wohl des Vaterlandes. Endlich resignirte ich mich darauf, mir ein Stillleben einzurichten – und nun strauchle ich über einen armseligen Maulwurfshaufen in's Grab".

Das ist die Charakteristik Vieler, welche das beste Wollen haben, aber an der Macht der Verhältnisse und eigener Schwäche elend zu Grunde gehen. – „Mein armes, armes Kind“, schien der verunglückte Maurer zu flüstern. Vor mir war die von ihm hinterlassene Waise, die kürzlich auch die Mutter verloren hat, in Begleitung dagewesen, um den „lieben Pappa“ zu sehen.

In den oberen Räumen liegen vierzehn Ausstellungszellen, zwei Secirsäle, ein erst kürzlich hergestellter Kapellenraum und das Einsargungszimmer. Es ist ein Irrthum, wenn angenommen wird, daß hier anatomische Studien getrieben werden. In der Morgue stellen die Aerzte die Todesursache fest und dann wandelt der Kadaver desjenigen, den Niemand reklamirt, nach der Anatomie, wo er zerschnitten und „bearbeitet“ wird. Und wo die Todten ruhen? Von den Hunderten, welche das einsame Haus an der Kommunikation einläßt, erhalten nur Wenige eine letzte Ruhestätte. Wer im Leben einsam dahinsiechte, der Liebe und Freundschaft beraubt wurde, um den sich in seiner letzten Stunde Niemand bekümmerte oder der „unbekannt“ verstarb, muß auch darauf verzichten, gleich anderen Menschen ein Grab wie Andere zu finden. Von Zeit zu Zeit werden in der Anatomie überflüssig gewordene Fleisch- und Knochenstücke gesammelt und in einer großen Kalkgrube verschüttet. Hier ruht, was sterblich war, im Massengrabe. Szenen wildesten Schmerzes und wahnsinniger Verzweiflung spielen sich ab, wenn Angehörige oder Freunde einen Todten als den ihrigen erkannt, wenn Mütter ihre Kinder, Frauen ihre Männer, wenn ein Lieb' sein Lieb', nun für ewig verloren haben. Man sucht die Scheiben zu durchbrechen, einen Kuß auf die blutleeren Lippen zu drücken und möchte die wieder beleben, die man von sich gestoßen oder verkannt hat.

EIN KURZES NACHWORT

+ ZWEI BIOGRAFISCHE NOTIZEN

Sehr viel ist über das Leben Hans Richard Fischers nicht zu finden. Seine vier *Bücher:* „Unter den Armen und Elenden Berlins" (1887), „Was Berlin verschlingt" (1890), „Berliner Zigeunerleben" (ebenfalls 1890) sowie „Lebensbilder des ehemaligen Kultusministers Adalbert Falck" (1900) sind antiquarisch nicht zu bekommen und nur vereinzelt in Bibliotheken zu finden. Seine Artikel für die Vossische Zeitung lassen sich hingegen unter anderem in den von der Berliner Staatsbibliothek digitalisierten und öffentlich zugänglichen Ausgaben einsehen und lesen. Vermutlich finden sich zudem weitere Spuren seines journalistischen Schaffens in den Archiven der Zeitungen, für die er in späteren Jahren gearbeitet hat. Diesen möglichen Quellen bin ich nicht weiter nachgegangen.

Ich bin bei meiner Recherche aber auf zwei Einträge gestoßen, die zumindest in knappen Sätzen Auskunft über ihn geben. Die erste ist dem Buch „Das jüngste Deutschland" des Schriftstellers und Privatdozenten Ludwig Adalbert von Hanstein entnommen, das 1900 erschienen ist, die zweite dem von Franz Brümmer 1913 herausgegebenen „Lexikon der deutschen Dichter und Prosaisten vom Beginn des 19. Jahrhunderts bis zur Gegenwart". Beide sind hier abgedruckt, zu Fischers Lebzeiten verfasst worden, und helfen dabei, sich ein, wenn auch eingeschränktes, Bild von seiner Herkunft und seinem beruflichen Werdegang zu machen.

Überliefert ist, dass sich Hans Ostwald, der Herausgeber der „Großstadt-Dokumente" (erschienen zwischen 1904 und 1908), Fischers Arbeit zum Vorbild nahm. Fischers Name und insbesondere das hier vorgelegte Buch „Unter den Armen und Elenden Berlins – Streifzüge durch die Tiefen der Weltstadt" fanden und finden immer wieder Erwähnung in – vor allem – sozialwissenschaftlichen Abhandlungen. Was in der Vergangenheit aber nicht dazu geführt hat, dass eines seiner Bücher wieder neu aufgelegt worden wäre.

Dies wurde mit der nun vorliegenden Ausgabe nachgeholt, denn seine Schilderungen sind hochinteressant, von ehrlicher Menschenliebe durchdrungen und eindringlich und gut geschrieben. Der investigative Ansatz, den Hans R. Fischer bei seinen Recherchen verfolgt hat, indem er beispielsweise als Obdachloser verkleidet die Verhältnisse eines Obdachlosen-Asyls beschrieb, war seinerzeit innovativ und der Ton, in dem er das Erlebte und Gesehene zu Papier gebracht hat, angenehm ideologiefrei. Seine Zeilen sprechen einen auch deshalb, so ging es mir zumindest bei der Lektüre, heute noch unmittelbar an. Darüber hinaus erfährt der jetzige Leser – aus nunmehr historischer Perspektive – zahlreiche ihm vermutlich bis anhin unbekannte Details über die „Tiefen der Weltstadt" Berlin und wie man in dieser modernen Metropole dem menschlichen Elend begegnete, es einzudämmen oder schlicht zu verwalten versuchte.

Dennoch, das muss natürlich ebenso erwähnt werden, ging die Zeit nicht spurlos an diesem Buch vorüber. Was beispielsweise besonders deutlich in dem hier transportierten Frauenbild zutage tritt. Bei allem Mitgefühl, das Hans R. Fischer in seinen Reportagen den der Prostitution anheimgefallenen „Sünderinnen" entgegenbringt, seine Beobachtungen suggerieren gleichzeitig, dass nicht nur die sozialen Gegebenheiten an dem Schicksal der Mädchen und Frauen schuld sind, sondern eben auch die Frauen selbst, beziehungsweise ein verderblicher und für den Charakter der Frau scheinbar grundsätzlich immanenter Wesenszug. Über die Schuld oder Verantwortung der Freier verliert er hingegen kein Wort. Hier ist Fischer, so aufgeklärt seine Ansichten ansonsten auch sind, den damaligen Anschauungen besonders verhaftet. Trotzdem sind auch diese Kapitel erhellend und Fischers Frauenbild war womöglich dennoch moderner als das vieler seiner Zeitgenossen.

Zu entscheiden war bei der Neuausgabe dieses Buches, ob ihm ein Nachwort beifügt werden sollte, das fundiert und ausführlich die sozialen Verhältnisse Berlins zu jener Zeit aus heutiger Sicht beleuchtet. Mir schien es aber richtiger, das Buch in erster Linie als Lesebuch und die Lektüre als zwar historische, aber dennoch weitestgehend selbsterklärende Sozialreportage zu begreifen, die aus sich heraus genügend Kraft schöpft und auch dem heutigen Leser verständlich genug Wissen vermittelt. Wo es mir sinnvoll und notwendig erschien, habe ich Kommentare in Form von Fußnoten beigefügt.

PETER GRAF, BERLIN IM HERBST 2019

Hans R. Fischer (geb. am 15. April 1863 in Jauer) hatte sich aus einer Jugend voll Kampf und Not und ärmlichen Verhältnissen mit staunenswerter Thatkraft emporgearbeitet, war schließlich nach Berlin gekommen und kannte das Elend der Armen und Unglücklichen aus eigenster Anschauung und Beobachtung. Darum lag so etwas außerordentlich Packendes in den Schilderungen, die er hie und da erscheinen ließ und als 24jähriger Jüngling zu einem Bändchen sammelte (Berlin 1887) unter dem Titel „Unter dem Armen und Elenden“ Das Buch erregte in ernsten Kreisen großes Aufsehen, ebenso wie das drei Jahre später folgende Büchlein „Was Berlin verschlingt“ (Berlin 1890). Hier las man wahrheitsgetreue und sachliche Beschreibungen der Asyle für Obdachlose, der Armenhäuser, der Siechenhäuser, der Arbeits-

häuser, der Gefängnisse, der Hospitale, der Leihhäuser, der Singspielhallen und endlich des Leichenschauhauses. Kurz – dieses Mal nicht in Form einer romanhaften Erzählung, sondern in einfachem Ton des Beobachters der Thatsachen lernte man hier alle Oertlichkeiten kennen, wo die versinkenden Existenzen ihre letzten Vergnügungen, ihre armselige Nahrung, ihre Strafe, ihre vorübergehende Genesung oder endlich ihren Tod finden. Und mit einer so schlichten Eindringlichkeit, so warmherzigen Sachlichkeit weiß Fischer alles anschaulich zu machen, daß kein Geringerer als der Berliner Nationalökonom Professor Schmoller in seinem „Jahrbuch für Gesetzgebung, Verwaltung und Volkswirtschaft" seine „lebensvollen und tief empfundenen Schilderungen" rühmte. Dabei war es ganz natürlich, daß in diesen Schilderungen auch wohlbeobachtete Charakterköpfe und Typen auftauchten; und da die naturalistische Novelle oder Skizze vielfach nichts andres war, als die photographische Schilderung eines Straßen- oder Wohnungsbildes, so liest sich manche der leichteren Beschreibungen wie eine novellistische Skizze aus jener Zeit.
In seinem „Berliner Zigeunerleben" (Berlin 1890) ergänzte Fischer eigentlich nur seine vorangegangenen Bände. Wenn er darin eine Tafelrunde junger Schriftsteller und Künstler schildert, so hatte er dazu die Typen aus „jüngsten" Kreisen genommen. So gab es damals freie Zusammenkünfte, die ich auch noch ab und zu besuchte, und die den selbstironischen Namen „Genieklub" führten.
Aus diesem „Milieu" – dies Wort kam auch damals auf – nahm auch Wolzogen den Stoff zu seinem neuen Bühnenwerk, natürlich ganz unabhängig von Fischer, der als Redakteur des „Mainzer Anzeigers" nach Mainz ging.

Aus „Das jüngste Deutschland" von Ludwig Adalbert von Hanstein.

*Fischer, Hans R., geb. am 15. April 1863 in Jauer (Schlesien), wuchs in ärmlichen Verhältnissen auf, hat sich aber aus einer Jugend voll Kampf und Not mit staunenswerter Tatkraft emporgearbeitet. Seine Kindheit verbrachte er als Waise teils im Städtitischen Armenhause in Breslau, teils bei Pflegeleuten und mußte schon damals durch harte Arbeit sein Brot mit verdienen helfen. Unter solchen Umständen konnte er nicht einmal die Volksschule bis zum Abschluß besuchen; gleichfalls eignete er sich durch unermüdlichen Selbstunterricht eine umfassende Bildung an. Seit 1883 in Berlin lebend, machte er sich bald durch seine „lebensvollen u. tief empfundenen Schilderungen" von dem Elend der Armen und Unglücklichen in der Großstadt bekannt. Nach einigen Jahren siedelte er nach Mainz über, wo er bis 1898 Redakteur des „Mainzer Anzeigers" war. Von 1899 bis zum Herbst 1903 lebte er als Redakteur des „Westfälischen Anzeigers" in Hamm i.W., ging dann als Redakteur am „Hannoverschen Kurier" nach Hannover und wandte sich 1905 nach Berlin, wo er als freier Schriftsteller u. Journalist lebte, bis er 1907 als Chefredakteur der „Neuen hessischen Volksblätter" nach Darmstadt übersiedelte. Außer einem gelungenen „Lebensbilde des ehemaligen Kultusministers Adalbert Falck" (1900) veröffentlichte er „Unter den Armen u. Elenden Berlins (Streifzüge durch die Tiefen der Weltstadt)", 1887. – „Was Berlin verschlingt (Soziale Bilder a.d. Reichshauptstadt)", 1890. – Berliner Zigeunerleben (Bilder aus der Welt der Schriftsteller, Künstler und des Proletariats), 1890.

Aus „Großstadt-Dokumente", herausgegeben von Hans Ostwald.

ISBN: 978-3-946896-44-9 1. Auflage 2019

Die Erstausgabe des Buches erschien 1887 im Verlag Richard Eckstein Nachfolger, Berlin

Titelmotiv: © Walter Ballhause – Archiv

Gestaltung und Satz: 2xGoldstein (2xGoldstein, Erik Schöfer), Rheinstetten // www.2xgoldstein.de

Druck und Bindung: CPI books GmbH, Ebner & Spiegel, Ulm

www.walde-graf.de